JN207739

広岡浅子「草詠」

高野晴代◆監修

翰林書房

広岡浅子の足跡

広岡浅子(1849－1919)。
浅子は活動的な洋装を好んだ。

日本女子大学校家政学部1回生卒業写真（明治37年）。前列左から2番目が浅子。中央付近にのちの第4代校長井上秀（雑部366番歌参照）。

［右］豊明館落成式・第3回卒業式(明治39年)。壇上右後方に浅子。［左］創立記念式の木植え(明治43年)。嘉納治五郎、森村市左衛門、土方久元、大隈重信らと。

［上］三泉寮大もみの木にて（明治41年、雑部362〜364番歌参照）。［下］三泉寮開寮式兼閉寮式（明治39年、雑部352番歌参照）。右端が浅子。三泉寮は浅子の甥にあたる三井三郎助が提供した日本女子大学校の夏季寮、浅子は名誉寮監を務めた。近くの丘の上に聳える大もみの木は三泉寮のシンボルとなっている。

広岡浅子の足跡

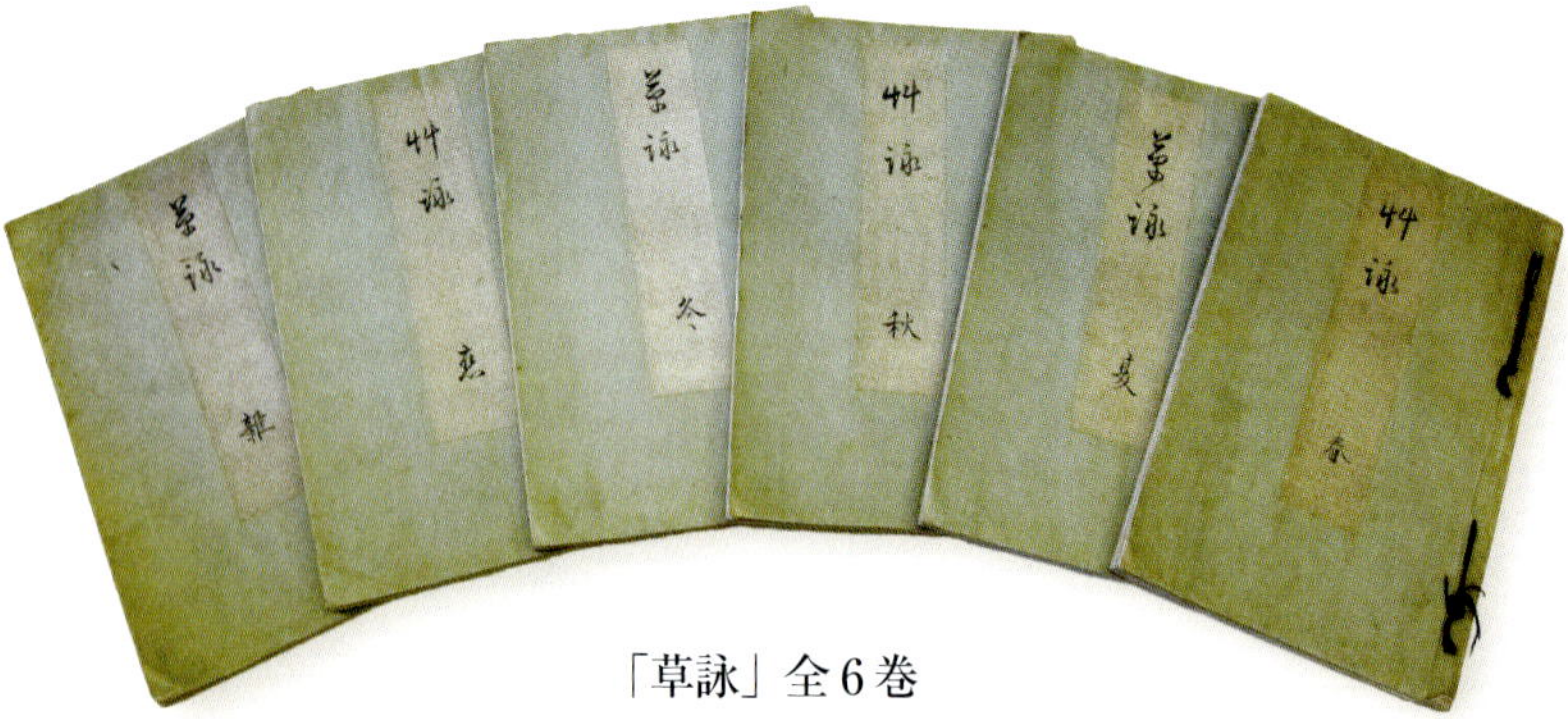

「草詠」全6巻

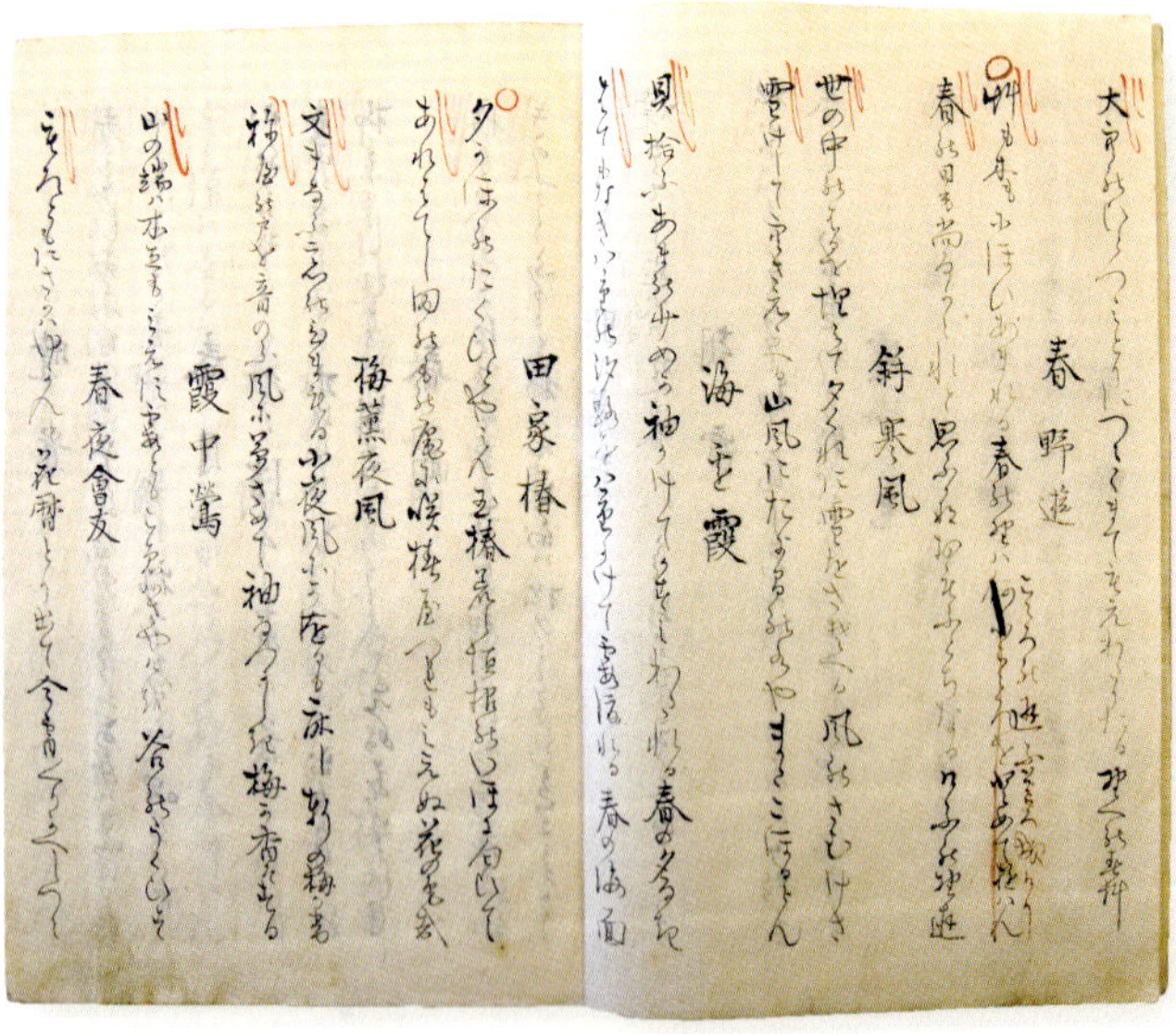

「草詠」春

広岡浅子の足跡

「春」「夏」「秋」「冬」「恋」「雑」の6部から成り、題箋では「草詠」と「艸詠」を使い分けている。長年にわたり書き続けられたと思われるが、必ずしも年代順にはなっていない。

草詠——目次

【凡例】

一　本書は、広岡家が所蔵する広岡浅子の手書きの歌集六冊を翻刻・解説したものである。
原本は各二一・三×一四・六cm、大和綴じ、鶯色の表紙に入子菱文様の題簽が貼付され、それぞれ「艸詠　春」「草詠　夏」「艸詠　秋」「草詠　冬」「艸詠　恋」「草詠　雑」と記載されている。「春」は四七丁（墨付一一丁）、「夏」は二八丁（墨付四丁）、「秋」は四七丁（墨付四丁）、「冬」は二五丁（墨付五丁）、「恋」は二六丁（墨付三丁）、「雑」は三五丁（墨付一一丁）、いずれも墨付の最後の丁に罫線紙が挿入されていることから、完成したものではなく、書き続けていたものと思われる。奥書なし。

また一部を除き、各歌の右肩に朱または墨による合点と思われる三種の印が付されている（口絵参照）。印の意味するところは不明であるが、印の付された歌の番号を次頁に示した。

二　校訂本文のあとに〔　〕で原文を示した。

三　歌題は、校訂本文と原文が同じ場合は再掲を略した。

四　【訳】は最初に歌題の訳を示し、スラッシュ（／）で区切ったあとに、歌の訳を掲げた。訳はできるだけ原文の語順に添うように試みたが、内容の理解を優先し、解釈を補ったり語順を変更した場合がある。

五　原本に修正がある場合、翻字に問題がある場合などは、【解】（解説）にその旨を記載した。

六　関連が深いと考えられる和歌を〈参考〉として掲載した。参考歌の出典は（歌集名・部立・歌番号・作者）の順で記載。

七　担当は以下の通り。

【翻刻】
〔監修〕坂本清恵
〔担当〕大塚千聖（春）、武居真穂（夏）、三上真由（冬）、藤田百合子（秋）、坂本清恵（恋）、渡邊咲子（雑）

【校訂・注釈】
〔監修〕高野晴代
〔担当〕大塚千聖（1～96）、高野瀬恵子（97～207、242～292）、一文字昭子（208～241、293～396）

各歌の右肩に朱または墨により記された合点と思われる三種類の記号は以下の通りである。

三本線

（春）1・5・6・9・11・15・21・23・24・26・32・35・45・51・52・65・68・73・78・86・88・93・95・98・101・102・105・109・110・112・114・117・118・120・123・124・

（夏）130・147・149・151〜153・155・165

（秋）169・171・175・179・189・190・192・194・196・202・204

（冬）208・211・212・214・216・217・221・223・230・245・246・248

（恋）266・275・277・279・288

（雑）293・296〜298・302・304・305・307・309・311〜315・317・319・321・322・328・335・340〜342

二本線

（春）2・3・4・7・8・10・12・14・16〜20・22・25・27・28・30・31・33・36〜42・46〜50・53・55〜61・63・64・67・69〜72・74〜77・80〜85・87・89〜92・94・96・97・99・100・103・104・106〜108・111・113・115・116・119・121・125・126

（夏）127〜129・131〜146・148・150・154・156〜164・166・

（秋）168・170・172〜174・176・178・180〜184・186〜188・191・193・195・197〜200・203

（冬）209・210・213・215・218〜220・222・224〜229・231〜244・247・249〜253

（恋）267〜274・276・278・280〜287・289

（雑）294・295・299〜301・303・306・308・310・316・318・320・323〜325・327・329〜334・336〜339・343〜345

○印

（春）7・13・29・34・43・44・54・62・66・73・79・122

（夏）該当なし

（秋）177・185・201

（冬）該当なし

（恋）該当なし

（雑）375・386・396

無印

（春）該当なし

（夏）167

（秋）205〜207

（冬）254〜265

（恋）290〜292

（雑）346〜374・376〜385・387〜395

春

1

野若菜

焼き捨てし飛火《とぶひ》の野辺も春来れば緑の若菜萌え出でにけり

〔焼すてし飛火の野へも春くれはみとりの若菜もえ出にけり〕

【訳】野の若菜／焼いたままうち捨てておいた飛火野の野辺も、春が来たので緑色の若菜が芽を出し始めましたよ。

【解】野焼きは、早春に草木がよく生えるように枯草に火を付けて野を焼く行為。「飛火野」は現在の奈良市の東部。春日野の地。

2

朝霞

松山にねぐら離るる群烏《むらがらす》声を残して霞む今朝かな

〔松山にねくらはなる、むら烏こゑを残してかすむ今朝哉〕

【訳】朝の霞／松山では寝ぐらを離れる群れをなす烏たち、その声を残したまま霞む、今朝の空であることです。

3

春霞八重《やへ》立ち渡る朝には山の端《は》逃げし心地こそすれ

〔春かすみ八重立わたる朝には山の端にけし心地こそすれ〕

【訳】 春霞が幾重《いくえ》にも立ちわたる朝には、その霞の重なりに、山の稜線が遠ざかって逃げたような気がします。

〈参考〉 あかなくにまだきも月の隠るるか山の端逃げて入れずもあらなむ（古今集・雑上・八八四・在原業平）

4

霞、春色を添ふ〔霞添春色〕

塩竈の浦の煙も立ち添ひて春を深むる朝霞かな

〔塩かまの浦のけむりも立そひて春を深むる朝かすみかな〕

【訳】 霞が春の色を添える／塩釜の浦の塩を焼く煙も加わって、春を深める朝霞ですね。

【解】 塩釜の浦（陸奥国の歌枕）は塩を焼く煙とともに詠まれる。

原本は「て深」の横に「春を」と補入。

〈参考〉 見わたせば霞のうちもかすみけり煙たなびくしほがまのうら（新古今集・雑中・一六一一・藤原家隆）

5

水辺柳〔水邉柳〕

池の面《も》に騒ぐ緑のさざ波はなびく柳の仕業なるらむ

〔池の面にさわくみとりの小々浪はなひく柳のしわさなるらん〕

【訳】水辺の柳／池の水面にざわめき立つ緑のさざ波は、池のほとりで靡《なび》く柳の仕業なのでありましょう。

【解】「緑のさざ波」とは、水辺に立つ柳の葉の緑色が、池の表面に反射している光景。一〇一番歌参照（同一歌）。

6

春野

大空の一つ緑に続くまで萌え渡りたる野辺の春草

〔大空のひとつみとりにつゝくまてもえわたりたる野への春艸〕

【訳】春の野／大空が途切れることなく緑色に続いていくように、一面に生え渡っている野原の春草です。

【解】途切れることなくどこまでも続いていく大空（緑の空）と、春草の生い茂った野原（緑色の野辺）の景色が重ねあわされている。空と野原を「緑」という語で繋いだ一首。古歌では春の空は「緑の空」と詠まれる。

春野に遊ぶ〔春野遊〕

7
草も木も匂ひ余れる春の野は心の遊ぶ所なりけり

〔艸も木もにほひあまれる春の野はこゝろの遊ふところ成けり〕

【訳】春の野に遊ぶ／草も木も、つややかな美しさが溢れんばかりの春の野は、心が遊ぶ所だったのです。

【解】原本は「何にこゝろをとめて遊はん」が線で消され、「こゝろの遊ふところ成けり」が右に朱書きされている。

8
春の日もなほ長かれと思ふかな思ふどちなる今日の野遊び

〔春の日も尚なかゝれと思ふかなおもふとちなるけふの野遊〕

【訳】春の日もなおいっそう長くあれと思うものですね。親しい気のあった仲間同士で楽しむ今日の野遊びでは。

【解】「思ふどち」で、気のあった仲間同士を言う。

9

余寒風〔餘寒風〕

世の中の春を埋みて夕暮れに雪を誘へる風の寒けさ

〔世の中のはるを埋みて夕くれに雪をさそへる風のさむけさ〕

【訳】余寒の風／世の中の春を覆い隠して、夕暮れ時に降雪を誘っている風の肌寒いこと。

【解】「余寒」は立春後の寒気。あるいは寒があけてもまだ残る寒さのことをいう。

10

雲消して空冴えかへる山風に谷間の水やまた凍るらむ

〔雲けして空さえかへる山風にたに間の水やまたこほるらん〕

【訳】雲を吹き消して空がすっかり冷えるほどに澄みきる山風に、折角溶けていた谷間の水がまた凍ってしまうのでしょう。

〈参考〉袖ひちて結びし水のこほれるを春立つけふの風やとくらむ〔古今集・春上・二・紀貫之〕

11

海辺霞〔海邊霞〕

貝拾ふあまの少女《をとめ》が袖かけて霞渡れる春の夕凪

〔貝拾ふあまの少女か袖かけてかすみわたれる春の夕なき〕
【訳】海辺の霞／貝を拾うあまの少女が袖をかけて、空一面には霞がかかっている春の夕凪です。
【解】「あまの少女」には、袖が濡れないように肩にかけて貝を拾う「海女の少女」と、「天の少女」（春を司る神である佐保姫）の二つの意味を掛けるか。袖をかける事で空が霞むというのは、霞の袖（霞を衣の袖にたとえていう。ここでは佐保姫の着る霞の衣の袖か）という発想。
〈参考〉さほひめのとこのうらかぜふきぬらし霞のそでにかかるしらなみ（続古今集・春上・五〇・藤原光俊）

12

果てもなき八重《やへ》の汐路《しほぢ》を八重かけて霞渡れる春の海面《うみづら》

〔はてもなき八重の汐路を八重かけて霞渡れる春の海面〕
【訳】果てしなく波が幾重にも重なった潮流を、霞が幾重にも重なり立ちこめている広い春の海面です。

13

田家椿

夕顔の類とや見む玉椿荒れし垣根の庵に匂ひて

〔夕かほのたくひとやみん玉椿荒し垣根のいほに匂ひて〕

【訳】田舎の家の椿／夕顔の類いと見るのでしょうか。玉椿が荒れた垣根の庵に色鮮やかに咲いていて。

【解】『源氏物語』の夕顔巻に拠れば、荒れた家の垣根に咲くのは夕顔であろうが、この荒れた家では椿が美しく咲いており、この椿を夕顔の類として見ようか、と詠んだ。

14

荒れ果てし田の面の庵《いほ》に咲く椿やつれも見えぬ花の色かな

〔あれはてし田のもの庵に咲椿やつれもみえぬ花の色哉〕

【訳】荒れ果てた田に面した庵に咲く椿は、色あせることのない鮮やかな花の色であったのです。

【解】「田のも」は「田の面」で、田のおもて・田の表面を言う。荒れた田に面する家に咲く鮮やかな椿の花の色との対比を詠んだ。

15

文学《ふみ》ぶ窓の隙洩る小夜風《さよかぜ》に薫るもゆかし軒《のき》の梅が香

梅、夜風に薫る〔梅薫夜風〕

〔文まなふ窓のひまもる小夜風にかをるも床し軒の梅か香〕

【訳】梅が夜風に薫る／書物を学び読んでいると、窓の隙間から洩れる夜風に乗って薫るのも、心引かれることです。軒先の梅の香りは。

【解】夜の「窓」は蛍雪の故事から着想を得た語か。
原本は「かほるも」の「ほ」の上に「を」と重ね書きしてある。

16

閨の戸をおとのふ風に夢覚めて袖なつかしき梅が香ぞする

〔ねやの戸を音のふ風に夢さめて袖なつかしき梅か香そする〕

【訳】寝室の戸に音を立てて吹いてくる風のせいで夢が覚めると、袖から心ひかれる梅の香りがすることです。

〈参考〉さつきまつ花橘のかをかげば昔の人の袖の香ぞする（古今集・夏・一三九・よみ人しらず）
風かよふ寝覚めの袖の花の香にかほる枕の春の夜の夢（新古今集・春下・一一二・俊成卿女）

霞中鶯

17

山の端は木立も見えず霞むとも声はさやけき谷の鶯

〔山の端は木立もみえす霞ともこゑはさやけき谷のうくひす〕

【訳】霞の中の鶯／稜線は、木立も見えないほど霞んでいても、谷の鶯のなく声ははっきりと聞こえてきます。

18

春夜、友に会う〔春夜會友〕

もろともに咲かば行かむと花暦取り出で今宵《こよひ》繰り返しつつ

〔もろともにさかはゆかんと花暦とり出て今宵くりかへしつゝ〕

【訳】春の夜、友に会う／一緒に花が咲いたなら見に行きましょうと、花暦を取り出して、友と今夜は暦をめくりながら過していきます。

【解】花暦とは、花を四季の順に並べて、花の咲く時節と名所を記して作った暦のこと。

19

暁鶯

うち霞む暁闇に鶯の鳴くなる声のあやはさやけし

〔打かすむあかつき闇に鴬のなくなる聲のあやはさやけし〕

【訳】暁の鶯／一面に霞む暁の闇に、鶯が鳴くのが聞こえる、その調子のすがすがしいことです。

20

そこはかとなく音《ね》霞みて鶯のねぐら調ぶる曙の空

〔そこはかとなく音かすみて鶯のねくらしらふる曙の空〕

【訳】どこからとははっきりとせずに聞こえる声はかすんで、鶯がねぐらで鳴き声を調え、白々《しらじら》と明けていく曙の空です。

春月

21

山の端はそことも分かず消え果てて霞に落つる春の夜の月

〔山のははそこともわかす消はて、霞に落る春のよの月〕

【訳】春の月／稜線がそこであると分からずすっかり消えてしまって、霞の中に沈んでいく春の夜の月です。

22

松山の霞果てたる木《こ》の間よりおぼつかなくも出《い》づる月かな

〔忢山の霞はてたる木の間よりおほつかなくも出る月かな〕

【訳】松山の霞ですっかり覆われてしまった木の間から、ぼんやりとしながらも昇る月です。

【解】原本は「春山の」の「春」の上に「忢」と重ね書きしてある。

23

柳原煙れる方に影更《ふ》けて有りとも見えぬ春の夜の月

〔柳原けむれる方に影更てありともみえぬ春のよの月〕

【訳】柳の原の霞んでいる方に、姿は傾いてゆき、あるとも見えない春の夜の月です。

春雨

24

つま琴をかき鳴らす音《ね》もうちしめり更《ふ》けて静けき夜半《よは》の春雨

〔つま琴をかきならす音も打しめり更て静けき夜半の春雨〕

【訳】春雨／箏をかき鳴らす音色もしっとりとして、夜が深まり静かに降り続く夜中の春雨です。

【解】つま琴は、爪で弾くところからいう。また、琴を爪弾くこと。爪琴、妻琴とも。

25

昨日よりふるとも分かぬ春雨は松の緑の色に見えけり

〔きのふよりふるともわかぬ春雨は松のみとりの色にみえけり〕

【訳】昨日から降るか降らぬかわからないくらいの弱い春雨は、古くなることのない松の緑色にあざやかに映えることです。

【解】春雨が降る、その量がわからないということを、「ふる（降る・古）」という言葉を媒介にして、常緑である松に、わずかな春雨でもよりあざやかな緑に映えさせることを詠む。

26

春夢

春の夜は花に心や通ふらむ夢路にたどるみ吉野の山

〔春のよは花にこゝろや通ふらん夢路にたどる三吉野の山〕

【訳】春の夢／春の夜は花に心が通ずるのでしょうか、夢の中でたどる吉野の山です。

【解】夢の中で桜の名所である吉野山を散策する歌。吉野山を夢見たことは、吉野山の花すなわち桜と心が通い合ったからであろうかと思いはかる。

27

梅、始めて開く〔梅始開〕

ぬばたまの闇にもそれとしるきまで匂ひ余れる梅の初花《はつはな》

〔ぬはたまの闇にもそれとしるきまて匂ひあまれる梅の初花〕

【訳】梅が咲き始める／闇の中でもそれとはっきり分かるくらいに、あふれんばかりの匂いが漂う、この春に初めて咲いた梅の花です。

〈参考〉　梅の花にほふ春べはくらぶ山闇に越ゆれどしるくぞありける〈古今集・春上・三九・紀貫之〉

28

紅の濃染めの梅の初花にあかねさす日の匂ひ添へたる

〔紅のこそめの梅の初花にあかねさす日の匂ひそへたる〕

【訳】紅に濃く染めた梅の初花に、日の光がさらに美しさを添えています。

【解】「あかねさす」は、赤い色が差すということから、「日」にかかる枕詞。紅梅の赤と日の光の赤が合わさることで、梅の色の鮮やかさが増すのであると詠む。

29

春海

うら波の音も静かに霞む日はたつの都も春を知るらむ

〔うら浪の音もしつかに霞日はたつの都も春をしるらん〕

【訳】春の海／海岸に打ち寄せる波の音も静かに霞が立ちこめる日は、龍（鶴）の都でも春の訪れを知るでしょう。

【解】「たつの都」は、竜宮城の都か、鶴（田鶴《たづ》）の都のどちらかを指すと考えられるが、当該歌の「春海」題だけで判断することは難しい。同じく「たつの都」の語が使用されている歌に雑部三三七番歌が挙げられるが、これは「蒸気船」の題で、蒸気船の煙を雲に見立てる詠作である。

明治時代、舞鶴の地には海軍鎮守府が置かれており、軍港として機能していた。当該歌でも「鶴」として三三七番歌同様に舞鶴の地で春の海を詠んだと解する方が妥当かもしれない。

氷解

30

春風に谷の氷も解け初《そ》めて岩間に浪の花を見るかな

〔春かせに谷の氷も解初て岩間に浪の花をみるかな〕

【訳】氷が解ける／春風が吹き、谷間の氷も解け始めて、水が流れる岩間に波の花を見ることです。

【解】波の花は波が岩などにぶつかってできるしぶきを白い花に喩《たと》えていう言葉。

〈参考〉楫《かぢ》にあたる波の雫を春なればいかが咲き散る花と見ざらむ（古今集・物名・四五七・兼覧王）

波の花沖から咲きて散り来めり水の春とは風やなるらむ（古今集・物名・四五九・伊勢）

31

谷川に水の流れの聞こゆるは閉ぢし氷の解けやしぬらむ

〔谷川に水の流のきこゆるはとちし氷のとけやしぬらん〕

【訳】谷川で水が流れる音が聞こえるのは、塞きとめていた氷が解けるからでしょうか。

32

菫《すみれ》摘む〔摘菫〕

朝まだき菫摘まむと来てみれば白露《しらつゆ》しげし小野の浅茅生《あさぢふ》

〔朝またき菫つまんと来てみれは白露しけし小野の浅ちふ〕

【訳】菫を摘む／朝早く菫を摘もうと来てみると、露がいっぱい置いている小野の浅茅生が広がっていました。

【解】浅茅生は茅萱が多く生えているところ。

〈参考〉浅茅生の小野のしばふの夕露にすみれ摘むとてぬるる袖かな（続古今集・春下・一六一・後嵯峨院）

33

川上春月

並松《なみまつ》の梢《こずゑ》も見えず大井川《おほゐがは》朧に霞む春の夜の月

〔並松の梢もみえす大ゐ川おほろに霞春のよの月〕

【訳】川上の春の月／松並木の梢も見えないことです。大井川の上には、ぼんやりと霞がかかる春の夜の月が出ています。

34

春夜

花散ると見し夜の夢は覚《さ》め果てて現《うつつ》に薫る窓の春風

〔花ちるとみしよのゆめは覚はて丶現にかほる窓の春風〕

【訳】春の夜／花が散っていくと見た夜の夢からすっかり覚めると、今まさに窓には花の香りを運ぶ春の風が吹いてきます。

【解】夢の中で花は散ったが、現実ではまだ咲いていることを詠んだ歌。まだ咲いている花の存在を、窓から入ってくる春風から知るのである。春風は、花を散らすものとして詠まれる一方で花の香りを運ぶものとしても詠まれる。

35

瓶にさしたる梅をみて

取り挿せる小瓶の梅を慕ひてや窓近く鳴く鶯の声

〔とりさせる小瓶の梅をしたひてや窓近く啼鶯の聲〕

【訳】瓶に挿してある梅を見て／取り挿してある小瓶の梅を恋しく思っているのでしょうか、窓の近くで鳴く鶯の声です。

36

初春月

春来ぬと軒端《のきば》の梅も咲き初めて匂ひ添へたる夕月《ゆふづき》の影

〔春きぬと軒端の梅も咲初て匂ひ添たる夕月の影〕

【訳】初春の月／春が来たと、軒端の梅の花も咲き始めて、そこに美しさを添えている夕方の月の光です。

37

松上鶯

松風も霞こめたる野皐《のづかさ》に春を調ぶる鶯の声

〔松かせも霞こめたる野つかさに春をしらふるうくひすの聲〕

【訳】松の上の鶯／松に吹く風にも霞が立ちこめている野の丘に、春の旋律を奏でる鶯の鳴く声がしています。

【解】野づかさ（野皐・野司）とは、野原の小高いところ、野原にある丘の意。「松風」と「鶯の声」が音楽的な要素をもって春の旋律を演奏する情景。

38

谷深き古巣を出でて鶯の山松が枝《え》に初音《はつね》鳴くなり

〔谷ふかきふるすを出て鶯の山松か枝に初音啼なり〕

【訳】　谷底の古巣を出てきた鶯が、山の松の枝で、今年最初に鳴く声が聞こえます。

〈参考〉　谷ふかきふるすをいづる鶯のこゑ聞くときぞ春はきにける（続千載集・春上・一三・亀山院）

雪浚春月

39

萌《も》え出でし草木に軽く積む雪の影なほ寒き春の夜の月

〔もえ出し艸木にかろく積雪の影なをさむき春のよの月〕

【訳】　雪深い春の月／芽が出た草木にうっすらと積もる雪に射す白い光がいっそう寒々としている春の夜の月です。

40

山の端に積もれる雪は寒けれど霞める月に春ぞ知らるる

〔山のはにつもれる雪は寒けれと霞める月に春そしらるゝ〕

【訳】　稜線に積もっている雪は寒いのですが、霞んでいる月によって春の訪れが知られます。

帰雁〔帰鴈〕

41

咲き匂ふ花の都を後にして何急ぐらむ帰る雁がね

〔さき匂ふ花の都を後にして何いそくらんかへるかりかね〕

【訳】帰雁／美しく咲く花の都を後にしてなぜ急ぐのでしょうか、北へ帰る雁は。

【解】春霞立つを見すててゆく雁は花なき里にすみやならへる（古今集・春上・三一・伊勢）とほぼ同様の表現。古今集の詞書は「帰雁をよめる」である。

42

今はとて大空遠く行く雁の声も姿もうち霞みつつ

〔今はとて大空遠く行鴈のこゑも姿も打かすみつゝ〕

【訳】北へ帰る時が来て大空遠く行く雁の、鳴き声も姿も霞につつまれています。

43

あはれてふ秋もものかはこの夕べ鳴く鳴く帰る天《あま》つ雁がね

〔あはれてふ秋もゝのかは此夕なく〳〵かへる天津かりかね〕

【訳】趣深いという秋も物の数でもありません。この春の夕べに鳴きながら帰る、空行く雁に比べますと。

【解】『枕草子』初段「秋は、夕暮（中略）まいて、雁などのつらねたるが、いと小さく見ゆるは、いとをかし」を踏まえる。

庭前、花を待つ〔庭前待花〕

44

咲くほどをなれも待ちてや庭桜今日も胡蝶のたづね来つらむ

〔咲ほとをなれも待てや庭桜けふも小蝶のたつねきつらん〕

【訳】庭先で花を待つ／咲くときをおまえも待っているのでしょうか、庭の桜に今日も蝶が訪ねて来たでしょう。

45

つれづれと花待つ宿の夕暮れに聞くもうれしき春雨の音

〔つれ〳〵と花待宿の夕くれにきくもうれしき春雨の音〕

【訳】手持ちぶさたに花が咲くのを待つ家の日暮れに、聞くのも嬉しい春雨の降る音です。

【解】ここでの春雨は、長雨で花を散らすものではなく、冬の雪にかわり降る雨として開花を促すものと考えられている。

〈参考〉つれづれとさびしきもののうれしきは花まつやどの春さめのころ〈海人の苅藻・春・三七・

蓮月尼）

夕べの花〔夕花〕

46

白雲のかかると見しは暮れ残る峯の桜の盛りなりけり

〔白雲のかゝるとみしは暮残る峯の桜のさかりなりけり〕

【訳】夕べの花／白雲がかかっていると見たのは、日暮れの残光で見た、山頂に咲く満開の桜の様子であったのです。

47

吉野山千本《ちもと》の桜咲き匂ふ花を残して日は暮れむとす

〔吉野山千本の桜咲匂ふ花をのこして日はくれんとす〕

【訳】吉野山の千本桜が美しく咲き、その花を残して今日は暮れようとしています。

48

山家鴬

山陰の梅咲く春となりぬれどまだ調はぬ鶯の声

〔山かけの梅さく春と成ぬれとまたと、のはぬ鴬の聲〕

【訳】　山中の家の鶯／山陰の梅までが咲く春になったけれど、まだ上手に鳴くことができない鶯の声です。

49

つれづれと人待ち顔に鶯も囀り暮らす山陰の庵

〔つれ〳〵と人待かほに鴬もさへすりくらす山陰のいほ〕

【訳】　手持ちぶさたに人を待っているように、鶯もしきりに鳴いて暮らす山陰の庵です。

50

岡早蕨

人繁く行き来の岡の松陰にうち残されし下蕨《したわらび》かな

〔人しけく行来の岡の松かけに打殘されし下蕨哉〕

【訳】岡の早蕨《さわらび》／人が絶え間なく行き来する岡の松の木陰に、残されてしまった草の下から生えて出てきた蕨があります。

春旅

51

花鳥に心浮き立つ春なれど旅の夕べはもの憂かりけり

〔花とりに心うきたつ春なれと旅の夕は物うかりけり〕

【訳】春の旅／花や鳥に気持ちがうきうきとする春であるけれど、旅の途中の夕方は憂鬱に感じるものです。

観梅

52

朝日さす向かひが岡のひとむらに白きは梅の盛りなりけり

〔朝日さす向ひか岡の一村に白きは梅のさかりなりけり〕

【訳】梅を観る／朝日が差す向かいが岡の一角の白い群は、満開に咲いた梅の花なのでした。

【解】「向かひが岡」を、特定の地名と見ると、文京区の向丘か。一九二一番歌参照。

梅間鶯

53

朝日影匂へる園の梅が枝《え》に宿しめて鳴く鶯の声

〔朝日かけ匂へる園の梅か枝に宿しめて啼うくひすの聲〕

【訳】梅の間の鶯／朝日の光が照り輝く園の梅の枝を自分の家として鳴く、鶯の声がします。

独り花を待つ〔獨待花〕

54

知るらめや咲くを急がぬ山桜つれづれ一人待《ま》てる心を

〔しるらめや咲をいそかぬ山桜つれ〳〵ひとり待る心を〕

【訳】一人、花を待つ／知っているのでしょうか。咲くことを急がない山桜よ。することもなく、一人花咲くときを待っている私の心を。

55

まだ咲かぬ桜の枝に鶯も我と等しく花や待つらむ

〔またさかぬさくらの枝に鴬も我とひとしく花や待らん〕

【訳】　未だに咲かない桜の枝に止まる鶯もまた、私と同じく花が咲くのを待っているのでしょうか。

56

野雉

あはれなる嵯峨野の春の曙《あけぼの》に妻問ふ雉の声霞むなり

〔あはれなるさか野々春の曙に妻とふきしの聲かすむ也〕

【訳】　野の雉／しみじみとした嵯峨野の春の夜明けに、妻を恋い慕って鳴く雉の声が霞んで聞こえます。

【解】　雉の鳴き声は、春の野に妻を恋い慕う鳴き声として認識されてきた。

〈参考〉　春ののにあさるきぎすのつまごひにおのがありかを人にしれつつ（拾遺集・春・二一・大伴家持）

57

山霞

松風の音も霞みて山の端にさすや夕日の影ぞ小暗き

〔松風の音もかすみて山の端にさすや夕日の影そ小くらき〕

【訳】　山の霞／松の間を吹く風の音も霞んで、稜緑にさす夕日の光は、ほの暗く感じられます。

春雪

58

咲き匂ふ花と見るまでみ吉野の山の梢《こずゑ》は雪ぞ霞める

〔咲匂ふ花とみるまて三吉野の山の木末は雪そかすめる〕

【訳】　春の雪／美しく咲く花に見えるほど、吉野山の木々の梢で雪が霞んでいます。

霞、行舟を隔つ〔霞隔行舟〕

59

難波江の芦間《あしま》を分くる海人小舟《あまをぶね》声のみ洩れて霞む今朝かな

〔なには江の芦間を分るあま小舟聲のみ洩れて霞今朝哉〕

【訳】　霞が行く舟を隔てる／難波の入り江の葦の茂みを掻き分けて進む小さな漁船。霞の中から漁師の声だけが漏れ聞こえて霞む今日の朝です。

60

浦近く唐艪《からろ》の音は聞こえつつ霞こめたる波の上かな

〔浦近くからろの音はきこえつゝ霞こめたる波のうへかな〕

【訳】入り江の近く、唐櫓の音は聞こえながら、船の姿を隠す霞が立ちこめている波の上です。

【解】唐艪とは中国風の艪のこと。

61

川風になびく柳の影見えて水にも春の色ぞ流るる

〔川かせになひく柳の影みえて水にも春の色そなかるゝ〕

水辺柳〔水邊柳〕

【訳】水辺の柳／川から吹いてくる風に靡《なび》く柳の姿が水に映って、川の水にも春の色が流れています。

【解】春の色とは、柳の緑色のこと。

62

二つ三つ飛びかふ蝶の羽風にもか弱くなびく庭の若草

〔二つ三つ飛かふ蝶の羽風にもかよはくなひく庭の若草〕

庭前の若草〔庭前若艸〕

【訳】庭先の若草／二頭三頭と飛び交う蝶たちの羽が起こす風にも、弱々しく靡く庭の若草です。

【解】原本には「飛や小蝶」とあり、右に朱書きで「かふ」とある。

63

落梅、水に浮く〔落梅浮水〕

今はとて散りての後も梅の花匂ひを水に留めつるかな

〔今はとて散ての後も梅の花匂ひを水にと、めつる哉〕

【訳】落ちた梅が水に浮かぶのを詠んだ歌／咲ききって散った後も、梅の花はその匂いを水に留めていることです。

64

谷川の吹雪とみえて散る梅を惜しみてや鳴く鶯の声

〔谷川の吹雪とみえて散梅をゝしみてやなく鶯の聲〕

【訳】谷川に梅の花が吹雪のように散りゆくのを、惜しく思って鳴くのでしょうか。そう聞こえる鶯の声です。

65

花を尋ぬ〔尋花〕

尋ね入る我より先に山桜時知り顔に咲き匂ひけり

〔たつね入る我より先に山桜時しりかほに咲匂ひけり〕

【訳】 花を尋ねる／花を尋ねて山に入る私よりも先に、山桜は春が来たことを知っているかのように、美しく咲いています。

【解】 山桜は、古くから都よりも桜の開花時期が遅いという認識を持たれていた。「時知りかほ」は、時節を知っていて、それをちゃんとわきまえているかのような様子のこと。

〈参考〉 おもふこと春とも身には思はぬに時知り顔に咲ける花かな（赤染衛門集・二一一）

66

来てみれば今を盛りの桜花嵐の山の名こそつらけれ

嵐山にゆきて花をみる

〔来てみれは今をさかりの桜花あらしの山の名こそつらけれ〕

【訳】 嵐山に行って花を見る／嵐山に来てみると、桜の花が今を盛りに咲いています。嵐山の「嵐」の名が恨めしいことです。

【解】 嵐山は桜の名所とされた。満開の桜が、激しい風で散ってしまうことを耐えがたいと詠む歌。

月前花

67

大井川花の香深き橋の面《も》を霞みて渡る春の夜の月

〔大井川花の香深き橋の面をかすみてわたる春のよの月〕

【訳】月の前の花／散った桜が流れ、香り立つ大井川に掛かる橋の上を、霞がかって過ぎていく春の夜の月です。

【解】大井川は京都の川で、桂川の上流、嵐山の辺りまでのこと。そのため、花の香とあるが、ここでの花は桜を指すと考えられる。

花、始めて開く〔花始開〕

68

み吉野の山下風《やましたかぜ》も心せよ今日咲き初めし花の辺りは

〔三吉野々山下かせもこゝろせよけふ咲初し花のあたりは〕

【訳】花が咲き始める／吉野山の麓を吹く風も心して吹きなさい。今日咲き始めた桜のあたりを吹く時は。

69

春風にほころび初《そ》めし桜花誘はむことの嘆かるるかな

〔春かせにほころひ初し桜花さそはむことのなけかる丶哉〕

【訳】 春風で蕾が開き始めた桜の花、その花が風に誘われて散ってしまうことは嘆かれることです。

春曙

70

今はとてねぐら離るる百鳥《ももとり》の声も浮き立つ春の曙《あけぼの》

〔今はとてねくらはなる丶百鳥の聲もうき立春の曙〕

【訳】 春の曙／もう春だと寝床を離れるたくさんの鳥たちのその声もうき立つように聞こえる春の曙です。

71

咲き匂ふ高根の花のほのぼのと霞立ちけり山の曙

〔咲匂ふ高根の花のほの〳〵と霞立けり山のあけほの〕

【訳】 美しく咲いた高い山の峰の花が、ほのぼのと見えて、霞が立ちました。山の曙です。

72

月前花

朝日山月も残りてあはれさの盛りを見する花の曙

〔朝日山月ものこりてあはれさの盛りをみする花の曙〕

【訳】 月の前の花／朝日山の、月も残ってしみじみとした趣の盛りを見せる、花の咲きほこる曙です。

【解】 朝日山の「朝日」に「月」を対応させている。「朝日山」は、宇治市にある宇治川右岸の山。

73

庭前桜

一本の庭の桜の花盛り人待ち顔に見ゆる色かな

〔ひともとの庭のさくらの花盛り人まちかほにみゆるいろかな〕

【訳】 庭先の桜／庭に一本ある桜は花盛りになって、人を待つように見える華やかさです。

【解】 原本は「もとの」の「と」が右脇に補記されている。

74

八重一重庭の桜の咲き満ちて花の香深き窓の内かな

〔八重一重庭のさくらの咲みちて花の香深き窓の内かな〕
【訳】　庭の八重の桜や一重の桜が満開になって、花の香りが濃く入ってくる窓の内でありますよ。

75

春風にほころび初《そ》むる庭桜明日の盛りの思はるるかな

〔春かせにほころひ初る庭桜あすのさかりの思はるゝかな〕
【訳】　春風で蕾が開き始める庭の桜。明日の満開になる様子が思われることです。

田家蛙

76

せき入る苗代水《なはしろみづ》に夕月の影を宿して蛙《かはづ》鳴くなり

〔せきいるゝ苗代水に夕月の影を宿して蛙なくなり〕
【訳】　田舎の家の蛙／引き入れる苗代水に、夕方の月の光を宿して蛙が鳴いているのが聞こえます。

77

春深き千代の田の面《も》に鳴く蛙《かはづ》まだ来ぬ秋を祝ふ声かも

〔春深き千代の田の面に啼蛙またこぬ秋を祝ふ聲かも〕

【訳】晩春の千代田の面で鳴く蛙。その声は、これから来る秋の豊年万作を予祝する声でありましょうか。

【解】原本は「千代の田」の「の」が右脇に補記されている。

梅

78

霞立つ山の裾野のひとむらの白きは梅の盛りなるらむ

〔かすみたつ山のすそ野々一むらの白きは梅の盛り成らん〕

【訳】梅／一面霞む山の裾野にある一群が白く見えるのは、梅が盛りに咲いているのでしょう。

79

老い朽ちし軒端の梅の蘖《ひこばえ》に匂ひ若やぐ花の香ぞする

〔老くちし軒端の梅のひこはへに匂ひ若やく花の香そする〕

【訳】年を取り衰えた軒端の梅の蘖には、美しく咲いて若返った花の香りがします。

【解】梅の老木の根元から生えてきた新しい枝（蘖）が花を付けた。その花の香りの若々しさを詠んだ歌。

80

若菜多

萌え渡る野辺の若菜の末《すゑ》見れば一つ緑の雲居《くもゐ》なりけり

〔もえわたる野への若菜の末みれは一つみとりの雲ゐ成けり〕

【訳】若菜が多い／一面に生える野辺の若菜の遙か彼方を見ると、野辺と大空が緑一色になっています。

【解】野辺の緑と青空（緑色の空）。野辺と空の境界が曖昧になり、一体になったかのように見える様子。六番歌参照。

81

庭鶯

春されば朝寝《あさゐ》諌《いさ》めて暁の小暗き窓に鶯の鳴く

〔春されは朝いゝさめて暁の小くらき窓に鶯の啼〕

【訳】庭の鶯／春になったので、朝寝をいさめるように、暁のまだ薄暗い窓辺で鶯が鳴いています。

【解】孟浩然の「春暁」（春眠不覚暁　処処聞啼鳥　夜来風雨声　花落知多少）を踏まえた詠作か。

梅、袖に香る〔梅香袖〕

82

心あらば風吹き絶えよ梅が香を少女《をとめ》が袖にしばし留めむ

〔心あらは風吹たえよ梅か香を少女か袖にはしと丶めん〕

【訳】梅が袖に香る／心があるのならば、風よ吹き止んでください。梅の香りを少女の袖にもう暫く留めておきたいから。

〈参考〉天つ風雲のかよひ路吹きとぢよをとめの姿しばしとどめむ（古今集・雑下・八七二・遍昭）

近衛老侯年賀の歌集、鶯慶音ありといふ題にて

〔近衛老侯年賀哥集鶯有慶音トイフ題ニテ〕

83

生ひ茂る竹の林に鶯はうれしき節を音に洩らすなり

〔生茂る竹の林に鴬はうれしきふしを音にもらすなり〕

【訳】近衛老侯年賀の歌集に「鴬の鳴き声に慶びあり」という題にて／生い茂る竹林で、鴬は林の中から喜ばしい鳴き声を洩らすのです。

【解】「近衛老侯」の「侯」の字は「侯」の草体と見てその意に取った。「鴬有慶音」という題は、「のどかなる春にあふよのうれしさは竹の中なる声のいろにも」（建礼門院右京大夫集・一六）

が初出。節は竹の縁語。

〈参考〉 色かへぬ籬の竹にすごもりて千代をことぶく鶯の声（『大江戸倭歌集』・春歌・一〇一・少将義建朝臣）

84

京都に内国博覧會を見てよめる

色香ある品うち見れば花ならぬ都の春の錦なりけり

〔色香ある品打みれは花ならぬ都の春のにしき成けり〕

【訳】京都で行われた内国博覧会の様子を見て詠んだ歌／色香のある品々を見ると、花ではありませんが、博覧会は都の春の錦のようでありました。

【解】「色香」は本来、花の色や香りを指す言葉。博覧会に出された品々を花になぞらえる。「春の錦」は、多くの美しい花が咲き乱れている様子を錦に見立てた語。明治二十八年（一八九五）に京都で行われた「内国博覧会（内国勧業博覧会）」の詠作。雑部三三九番歌参照。

85

巌上躑躅

常磐山木《こ》の下暗き岩が根を照らし顔なる花躑躅かな

〔ときわ山木下くらき岩かねをてらしかほなる花つゝしかな〕

【訳】巌の上の躑躅／常磐山の、木が生い茂っていて暗い所にある岩を照らすかのように咲く鮮やかな躑躅の花です。

86

竜田川岩根の躑躅咲きしより紅《くれなゐ》くくる瀬々の白浪

〔立田川岩根のつゝし咲しより紅くゝる瀬々の白浪〕

【訳】竜田川の大きな岩に躑躅が咲き、それから散った花で括《くく》り染めにするようにあちらこちらに立つ白波が赤い波になっています。

〈参考〉ちはやぶる神世もきかず竜田河唐紅に水くくるとは（古今集・秋下・二九四・在原業平）

87

山に野に花より花をたどりつつ胡蝶に似たる旅もするかな

春旅

〔山に野に花より花をたとりつゝ小蝶に似たる旅もする哉〕

【訳】春の旅／山に野に、花から花を探し求めながら、蝶に似ている旅もすることです。

【解】原本は「山に野を」の「を」の上に「に」を重ね書きしてある。

落花、風に随ふ〔落花随風〕

88
散る花は風に任せて今日よりの後の春こそのどけかるらめ
〔散花は風にまかせて今日よりの後の春こそのとけかるらめ〕
【訳】風に従って散る花／散る花は散らす風に任せたので、今日から後の春の日々は、散る花のことを心配せず、心穏やかでしょう。
〈参考〉世中にたえてさくらのなかりせば春の心はのどけからまし（古今集・春上・五三・在原業平）

89
山の名の嵐に散りて大井川花の柵《しがらみ》掛け渡しけり
〔山の名の嵐に散て大井川花のしからみかけわたしけり〕
【訳】嵐山という名のとおり嵐で花が散り、大井川には、花の柵を掛け渡したことです。
【解】柵は、水流を堰き止めるために川の中に杭を打ち並べて、両側から柴や竹などをからみつけたもの。

90
まれに散る花は胡蝶に似たるかな吹くとしもなき風に乱れて

〔まれに散花は小蝶に似たるかな吹としもなき風にみたれて〕

【訳】たまに散る花は蝶に似ていますね。吹くということもない風に乱れて。

藤

91

行く春を惜しみ顔にも藤の花うら紫の色に匂へり

〔行春を丶しみかほにも藤の花うらむらさきの色に匂へり〕

【訳】藤／過ぎゆく春を惜しむ藤の花は、恨めしくも紫色に美しく咲いています。

夕べの落花〔夕落花〕

92

花散らす夕べの風は春ながら惜しみまゐりてのどけくもなし

〔花ちらす夕の風は春なからをしみ参りてのとけくもなし〕

【訳】夕方に花が散る／花を散らす夕方の風は、春であるのに、春らしく花が散るのを惜しんで吹くので心穏やかでもありません。

【解】夕べの風を擬人化したものか。

行路梅

93

鶯の声をしるべに立ち寄れば霞の奥は梅咲きにけり

〔鶯の聲をしるへに立よれはかすみの奥は梅咲にけり〕

【訳】行く路の梅／鶯が鳴く声を道しるべに立ち寄ると、春霞の奥には梅が咲いていましたよ。

94

行き悩む路ならねども梅の花咲ける木陰は人のやすらふ

〔行なやむ路ならねとも梅の花さける木陰は人のやすらふ〕

【訳】難渋するような道でないけれども、梅の花が咲いている木陰では、人がつい足を止めています。

【解】原本では「人のやすらふ」の「の」の部分は、「そ」を墨消しし「の」と書き直してある。

閑庭柳

95

世を厭ふ住家と知らで春風に誰さし招く柳なるらむ

〈世をいとふ住家としらで春風に誰さしまねく柳なるらん〉

【訳】閑かな庭の柳／世を避ける住み家と知らないで、春風になびく柳は、いったい誰を招いているのでしょうか。

【解】瀧廉太郎作曲・武島羽衣作詞の「花」の二番の歌詞に「見ずや夕暮れ手をのべて、我さしまねく青柳を」という句がある。武島羽衣は一九一〇年から一九六一年まで日本女子大学で教鞭をとっていた。一一八番歌参照。

96

朝夕に軒《のき》の青柳《あをやぎ》うちなびき浮世の塵を払ひつるかな

〈朝夕に軒の青柳打なひき浮世のちりを拂つるかな〉

【訳】朝夕に軒端の柳が風になびき、この世の煩悩を払っていることです。

【解】「浮世の塵」は、この世のわずらわしさやけがらわしさを塵にたとえたもの。名誉や利益を追い求めるこの世のけがれ、また、好ましくない風潮。ここでは煩悩と訳出した。

夜春雨

97

大空はかすみながらに暮れはててながめいぶせき軒《のき》の春雨

〔大空はかすみながらに暮はて、なかめいふせき軒の春雨〕

【訳】 夜の春雨／大空は霞んだままに日もすっかり暮れて、降り続く長雨を眺めると鬱陶《うっとう》しく、物思いのために気持ちもふさぐ軒に降りそそぐ春の雨です。

【解】「ながめ」は「長雨」と「眺め（物思いにふける）」の掛詞。

〈参考〉 花の色は移りにけりないたづらに我が身世にふるながめせしまに（古今集・春下・一一三・小野小町）

98

夜もすがら降るともわかぬ春雨はあすの野山の色に出でなむ

〔よもすから降ともわかぬ春雨はあすの野山の色に出なん〕

【訳】 一晩中降り続けるとも、そうでないともわからない春雨は、明日の野山の鮮やかな緑色に現れて欲しいものです。

99

浦霞

いづこにかいさりなすらむ磯かげの霞かくれに声ぞ聞こゆる

〔いつこにかいさりなすらん磯かけの霞かくれに聲そ聞ゆる〕

【訳】浦の霞／何処で漁をしているのでしょうか、磯の陰の霞に隠れたあたりで、漁師らの声が聞こえることです。

100

あはれさはいづれまさらむ須磨の浦や月見し秋と霞むあけぼの

〔あはれさは何れまさらんすまの浦や月みし秋と霞あけほの〕

【訳】しみじみとした情趣はどちらがまさっているでしょうか。須磨の浦の、月を眺めた秋と、一面に霞む春の夜明けとでは。

101

水辺の柳〔水邊柳〕

池の面に騒ぐ緑のさざ波はなびく柳の仕業なるらむ

〔池の面にさわくみとりの小々浪はなひく柳のしはさなるらん〕

【解】　五番歌参照（同一歌）。

霞間鶯

102

柳原かすみてなびく遠近《をちこち》に春ととのふる鶯の声

〔柳原かすみてなひく遠近に春とゝのふる鶯の聲〕

【訳】　霞の中の鶯／柳の原が霞んで、柳葉がなびいているところに、彼方此方から春らしく調子を整える鶯の声が響きます。

【解】　原本は「春とゝのふる」「春」の次に「を」とあるのを墨消ししてある。

103

木々はみなかすみ果てたる岡のべに啼く鶯の声はかくれず

〔木々はみなかすみはてたるをかのへに啼鶯の聲はかくれす〕

【訳】　木々の姿はすべて霞んで見えなくなった岡のあたりで、鳴いている鶯の声は隠れることなく響いています。

梅、袖に薫る〔梅薫袖〕

104

咲き匂ふ梅のうたげの花衣《はなごろも》袖なつかしき香に匂ふなり

〔咲匂ふ梅のうたけの花衣袖なつかしき香に匂ふなり〕

【訳】梅が袖に薫る／美しく咲きにおう梅の花で、梅花の宴席の花見衣は、袖も心引かれる香りに匂うことです。

上野しのぶの岡に花を見て〔上野しのふの岡に花をみて〕

105

誰をかもしのぶの岡に咲き出でて匂ひあまれる桜なるらむ

〔誰をかもしのふの岡に咲出て匂ひあまれる桜なるらん〕

【訳】上野のしのぶの岡で桜を見て／いったい誰を偲んでか、しのぶの岡に咲き始めて一面に美しく咲きあふれている桜なのでしょう。

【解】「しのぶの岡」は上野の台地の古名で、歌枕。現在の上野公園一帯。

106

竹間鴬

末遠く千代の春をや契《ちぎ》るらむ竹をねぐらに来鳴く鴬

〔末遠く千代の春をや契るらん竹をねくらにきなく鴬〕

【訳】竹の間の鴬／行く末遠く千年の春を約束しているのでしょうか。竹を寝ぐらにやって来て鳴く鴬は。

107

花折る〔折花〕

手折《たを》るとも我なうらみそ山桜つらき嵐の吹かぬ物かは

〔手折とも我なうらみそ山桜つらき嵐の吹ぬ物かは〕

【訳】花を折る／手折ったとしても私を恨まないでください、山桜よ。花を吹き散らす情け容赦ない嵐が吹かないでしょうか、いや、必ずや吹くのですから。

108

遠く花を尋ぬ〔遠尋花〕

かくばかり峯越えしとは思はぬを深くも花を思ひ入りにき

〔かくはかり峯越しとはおもはぬを深くも花をおもひいりにき〕

【訳】遠くの花を尋ねる／これほどに嶺を越してとまでは思わなかったのに、一心に花を見たいと思って、山深い所まで分け入ってしまいました。

109

我が心胡蝶に似たりはるばると花より花のかげをたづねて

〔我こゝろ小蝶に似たりはる〱と花より花のかけをたつねて〕

【訳】私の心は蝶に似ています。遠くまで花からまた次の花の姿を飛び尋ねて。

110

梅花始めて開く〔梅花始開〕

鶯の朝寝諫《い》むる声すなり学びの窓の梅や咲きけむ

〔鶯の朝いいさむる聲すなり学ひの窓の梅や咲けん〕

【訳】　梅花が咲き始める／鶯が私の朝寝を諌める鳴き声が聞こえてきます。学び舎の窓の傍らの梅が咲いたからでしょうか。
【解】「朝い」は「朝寝」。

111

紅《くれなゐ》の濃染めの梅の初花ににほひをそへて朝日さすなり

〔紅のこそめの梅の初花ににほひをそへて朝日さすなり〕
【訳】　紅の色濃い梅の初花に、さらに美しい色合いを添えて、朝日が差し照らしています。
【解】「こそめ」は「色の濃い染め」の意。二八番歌参照。

112

霞中鶯

春かすみまだ夜を残すたかむらに夢をさまして鶯の鳴く

〔春かすみまた夜を残すたかむらに夢をさまして鶯の鳴〕
【訳】　霞の中の鶯／春霞の中、まだ夜の暗さを残しているような薄暗い竹林で、夢を覚まして鶯が鳴くことです。

113

鶯の聲をしるべにとめゆかむ梅が香深くかすむ山路を

〔鶯の聲をしるへにとめゆかん梅か香深くかすむ山路を〕

【訳】 鶯の声を道案内として梅の花を捜し求めに行きましょう。花の香り深く、霞みも深い山路を。

114

谷の戸の雪をはらひて野皐《のづかさ》の霞に帰る春の鶯

〔谷の戸の雪をはらひて野司の霞に帰る春の鶯〕

【訳】 谷の入り口の雪を払いのけて、野原の小高い所に立ち籠めた霞の中に帰って行く春の鶯です。

【解】 「野皐（のづかさ）」は、野原の小高いところ、野原にある丘。

〈参考〉 あしひきの山谷こえて野づかさに今は鳴くらむ鶯の声（万葉集・巻十七・三九一五・山部赤人）

梅を折る〔折梅〕

115

空《そら》だきもなどかおよばむ梅が枝《え》を手折《たを》る袂《たもと》のただならぬかな

〔空たきもなとかおよはん梅か枝を手折袂のたゝならぬかな〕

【訳】 梅を折る／そら焚きの香も、どうして及ぶことがありましょうか、いや及びません。梅花の枝

【解】

を手折った袂の香りの素晴らしさは並大抵ではないことです。

「空だき」とは、どこからともなく匂ってくるように香を焚くこと。前もって香を焚いておくか、或いは別室で香を焚いて匂ってくるようにすること。

116

折る梅の花の吹雪の我が袖に残れる香をや土産《つと》となしてむ

〔折梅の花の吹雪の我袖に残れる香をやつと、なしてん〕

【訳】手折った梅の枝から散った花吹雪の、私の袖に残ったその香りを、お土産としましょうか。

117

梅を見る〔梅見〕

咲き匂ふ梅のうたげの花むしろしきてやねなむ酔《ゑひ》のまぎれに

〔咲匂ふ梅のうたけの花むしろしきてやねなん酔のまきれに〕

【訳】梅を見る／美しく咲き匂う梅花の宴席のかぐわしい敷物を、今夜は敷いて寝ようかしら。宴の酔いのせいと見せかけて。

川上柳

118

渡し待つ須田の堤の青柳《あをやぎ》はのどかに船をさし招きつつ

〔わたし待すたの堤の青柳はのとかに船をさしまねきつゝ〕

【訳】川上の柳／渡し船を待つ須田の堤防の青柳は、のどかに船を差し招き差し招きしていることです。

【解】「須田の堤」は、謡曲「隅田川」の舞台となった「渡し」のある場所をさすと解した。一般的には「橋場の渡し」と呼ばれ、「白鬚の渡し」「須田の渡し」等の別名を持つ場所である。「すだの渡し」は『夫木和歌抄』に下総の歌枕として見える。「すだの堤」は夏部一五一番歌「夕納涼」題の歌にも詠まれている。「柳が指し招く」意の歌は九五番歌にも詠まれている。

119

川の面《も》はけむれる迄《まで》に打ちかすみなびきもやらぬ青柳《あをやぎ》の原

〔川の面はけむれる迄に打かすみなひきもやらぬ青柳の原〕

【訳】川の水面は煙っているように見えるほど一面に霞んでいて、風が弱いために青柳の枝も靡《なび》くこともありません。

原の上の霞〔原上霞〕

120

有馬山ゐなの笹原そよとだに風も音なく霞こめけり

〔有馬山いなのさゝ原そよとたに風も音なく霞こめけり〕

【訳】原の上の霞／有馬山の麓の猪名の笹原に風が吹くとそよそよ音がする、ここは、そのそよと風が吹く音も全くなく、原には霞が立ちこめていることです。

【解】参考歌に拠り、題の「原」に「猪名の笹原」を当て、無風で霞が立ちこているさまを詠んだ歌。

〈参考〉有馬山猪名の笹原風吹けばいでそよ人を忘れやはする（後拾遺集・恋二・七〇九・大弐三位）

121

八千草《やちぐさ》のめもはるばると匂ひつつあしたの原は霞たちけり

〔八千艸のめもはる〳〵と匂ひつゝあしたの原は霞たちけり〕

【訳】多くの草花の芽も張る春、その遥々とした野に芽が照り映えながら、朝の原は霞が立ったことです。

【解】「めもはる」は古くから「芽も張る」「春」などの意に掛けて使用する。ここはさらに「遥々と」の意も重ねられていると解した。「あしたの原」は奈良県北西部にあった野で、大和国の歌枕。

花、風を厭ふ〔花厭風〕

122

色も香もけふを盛りと咲く花は蝶が羽風《はかぜ》もいとはしきかな

〔色も香もけふを盛りと咲花は蝶か羽風もいとはしき哉〕

【訳】花が風を厭う／色も香も今日を盛りと咲いている桜にとっては、蝶の羽が立てる僅かな風であっても、散るのを恐れて嫌な気持ちがすることです。

123

咲くまでは花にうれしき春風もけふより後はふかずもあらなむ

〔咲までは花にうれしき春風もけふより後はふかすもあらなん〕

【訳】咲くまでは、咲く時期の到来を告げるので花にうれしい春風も、咲き匂う今日から後は、散るのが悲しいので、吹かないでいて欲しいものです。

124

青柳《あをやぎ》のみどり流るる川面《かはづら》にあや織りかけて春雨ぞふる

川春雨

〔青柳のみとり流る丶川面にあや織かけて春雨そふる〕

【訳】川の春雨／青柳の緑色が映って流れる川の水面に、滴が落ちて綾模様を織りかけるように春雨が降っています。

〈参考〉水の面にあや織り乱る春雨や山の緑をなべて染むらむ（新古今集・春上・六五・伊勢）

125

川の面に降るともわかぬ春雨は岸の柳の雫にぞみる

〔川の面にふるともわかぬ春雨は岸の柳の雫にそみる〕

【訳】川の水面では降っているとも降っていないともはっきりわからない春雨は、岸の柳からしたたる雫によってわかります。

126

朝な朝なかくれが岡に啼くきぎす霞の奥に妻やとふらむ

〔朝な〳〵かくれか岡に啼き丶す霞の奥に妻やとふらん〕

岡雉

【訳】岡の雉／毎朝毎朝、隠れが岡で鳴いている雉は、岡の霞の奥に妻を捜し訪ねているのでしょうか。

【解】「かくれが岡」は、地名とすれば、三重県伊勢市にその名も「隠岡（かくれがおか）」がある。

倭姫が石隠れしたとされる伝説の地で、付近に倭姫の陵墓もある。

夏

山残花

127

訪ふ人もなき山里に春暮れて寂《さび》しく残る花のひともと

〔とふ人もなき山里に春くれて淋しくのこるはなのひともと〕

【訳】　山に咲き残る桜花／誰も訪れる人のない山里で、春が過ぎ去って、寂しく咲き残る一枝の桜です。

〈参考〉　見る人もなき山里の桜花ほかの散りなむのちぞ咲かまし（古今集・春上・六八・伊勢）

128

青葉さす片山陰の桜戸《さくらど》に人待ち顔に花ぞ残れる

〔青葉さす片山陰の桜戸に人待かほに花そ残れる〕

【訳】　青葉のあざやかな季節になっているのに、片側が山の陰になって桜のある家では、訪れる人を待つかのように花が咲き残っていることです。

【解】　桜戸は桜の木のあたりにある家のこと。

129

首夏

松山の常盤の色は変はらねど霞まずなりぬ夏や来ぬらむ

〔松山のときはの色はかはらねとかすます成ぬ夏やきぬらん〕

【訳】初夏／松の生い茂る山の常緑の色は変わりませんが、霞んで見えることがなくなりました。もう夏が来たからでしょうか。

130

夕立過ぐ〔夕立過〕

夕立の雫《しづく》乾かぬ楢の葉に光したたる夕月夜かな

〔夕立の雫かわかぬならの葉に光した丶る夕つく日かな〕

【訳】夕立が去ったあと／夕立のなごりの雫がまだ乾かない楢の葉の上に、光が滴る美しい夕月夜です。

【解】「夕つく日」を状況から「夕月夜」に校訂した。

131

鳴神《なるかみ》の音もかすかになりにけり夕立過ぎし雲の行方に

〔鳴神の音もかすかに成にけり夕立過し雲の行へに〕

【訳】　雷鳴の音もかすかになりましたね。夕立が去って雲が遠ざかった方角では。

132

夏祝

年ごとに生い添ふ庭の若竹を尽きせぬ御代《みよ》の例には見む

〔年ことに生そふ庭の若竹をつきせぬ御代のためしにはみん〕

【訳】　夏の祝賀／毎年毎年生え加わる庭の若竹、その瑞々しい若竹の姿を、尽きることのない天皇のご治世の証しと見ることです。

133

首夏藤

夏来れどたぎつ流れに影見えて春を残せる藤浪の花

〔夏くれとたきつ流れに影みえて春を残せる藤浪の花〕

【訳】　夏の初めの藤／夏が来たけれど、山川の激しい流れに花房の影を映して、春を残している藤の花です。

短夜月

134

見る程も夏なき宿の遣り水に涼しくむすふみしかよの月

〔みる程も夏なき宿のやり水にすゝしくむすふみしかよの月〕

【訳】短い夜の月／眺める間も、夏が無いかのような涼しい家の庭の遣り水、そこから手で掬《すく》う水にも姿を映す短夜の月です。

【解】「むすぶ」を、「掬《むす》ぶ（手で水をすくう）」と「結ぶ（形をなす）」との掛詞に解した。

郭公を待つ〔待郭公〕

135

あしひきの山ほととぎす声はせでつれなく残る有明の月

〔あし引の山ほとゝきす聲はせてつれなく残る有明の月〕

【訳】ほととぎすを待つ／山ほととぎすの鳴き声を待っているのに、声は聞こえずに時間が経ち、夜明けの月が素っ気なく空に残っています。

136

山家夏月

滝川の音も聞こえて夏の夜の月かげすずし山下《やました》の庵

〔瀧川の音もきこへて夏のよの月かけすゝし山下のいほ〕

【訳】 山里の家の夏の月／滝のある川の水音も聞こえてきて、夏の夜の月光が涼しく感じられることです。山麓のこの庵では。

137

郭公

五月雨《さみだれ》に水嵩まされどほととぎす鳴き渡り行く淀《よど》の川面《かはづら》

〔五月雨にみかさまされとほとゝきす啼わたり行淀の川面〕

【訳】 ほととぎす／五月雨で川の水嵩がまさっているけれど、ほととぎすが鳴きながら渡って行きます、淀川の水面を。

138

新しき竹〔新竹〕

朝風に簷端《のきば》の玉の露散りてなびくも涼《すず》し窓の若竹

〔朝かせに簷葉の玉の露ちりてなひくも涼し窓の若竹〕

【訳】新しい竹／朝の風によって、軒端の露が玉と散って、葉が靡《なび》くのも涼しいことですよ。窓辺の若竹は。

【解】「簷」は、軒《のき》の意。

139

名所夏月

夏衣うら涼しくも旅寝してこよひ明石の月を見るかな

〔夏ころも浦すゝしくも旅寝してこよひ明石の月をみる哉〕

【訳】名所の夏の月／夏衣が何となく涼しく感じられますが、今宵は旅寝をして、明石の浦で明るい月を見ることです。

【解】「うら涼しくも」の「うら」は、「衣」の縁語「裏」と、「何となく」の意の接頭語「うら」との掛詞に解した。また、「明石の浦」の「浦」をも響かせる。「明石」は、地名と「明し（明るい）」の意との掛詞。

夏月

140

庭に降る雪かと見れば月澄みて夏も夜寒き心地こそすれ

〔庭にふる雪かとみれは月澄て夏も夜寒き心地こそすれ〕

【訳】夏の月／庭に降る雪かと思って見ると、月が澄んで白い光が降り注いでいて、夏でも夜が寒いような気持ちがすることです。

【解】月光の白さを雪に見立てた歌。

141

谷川の響く音さへ涼しきに木《こ》の間の月の影流しつつ

〔谷川のひゝく音さへすゝしきに木の間の月の影流しつゝ〕

【訳】谷川は、水音が響き、音までも涼しいところに、木の間を洩れる月光を水面に浮かべて光を流していることです。

142

おばしまに語らふ間なくさ夜更《よふ》けて入《い》る方をしき夏の月かな

〔おはしまにかたろふ間なく小夜更て入方をしき夏の月哉〕

【訳】縁側の手摺りの傍らで語りあう間もなく夜が更けて、月が入る時分になってしまうのも惜しい夏の月です。
【解】「おばしま」は欄干の意。ここは旅館の部屋等で、窓辺や窓際の板敷きの端に付いた手摺りと解した。

143

蛍

大井川岩打つ波に影見えて玉の砕けと散る蛍かな

〔大井川岩うつ浪に影みえて玉のくたけとちる蛍かな〕

【訳】蛍／大井川の岩に打ち寄せる波に光が映って、美しい玉が砕け散るように見える蛍です。
【解】「大井川」は、丹波に発して淀川に注ぐ桂川の上流、嵐山のあたりまでの川の名。

144

蓮

はちす葉に玉なす露の清ければ見る心さへ濁らざりけり

〔はちす葉に玉なす露の清けれはみる心さへにこらさりけり〕

【訳】 蓮／蓮の葉の上で玉となる露が清らかなので、それを見る人の心までも清らかで濁らないのです。
〈参考〉 はちす葉のにごりにしまぬ心もてなにかは露を玉とあざむく（古今集・夏・一六五・遍昭）

遠き夕立〔遠夕立〕

145

並松の梢も見えず雲とぢて夕立すなり遠《をち》の山の端《は》

〔なみ松の梢もみえす雲とちて夕立すなり遠の山端〕

【訳】 遠い夕立／松並木の梢も見えないくらいに雲に遮られて、夕立の音が聞こえます。遠くの稜線では。

146

浦松の風の音にもしるきかな沖にただよふ夕立の雲

〔浦松のかせの音にもしるきかな沖にたゝよふ夕立の雲〕

【訳】 浦に生える松を吹きぬける荒い風の音にもはっきりそれと知られることです。沖のほうで漂う夕立を降らせる雲は。

樹陰夏月

147

夏の夜は清き月夜も我が庵《いほ》の木《こ》の下闇《やみ》ぞうたてかりける

〔夏のよは清き月夜も我庵の木の下闇そうたてかりける〕

【訳】木陰の夏の月／夏の夜は清らかな月夜も、私のいる粗末な住居の木の下の暗がりは、月も見られず情けなく不快なことです。

148

茂りあふ森の木立《こだち》に月更《ふ》けて奥ものすごき夏の夜半かな

〔茂りあふ森の木立に月更て奥物すこき夏のよはかな〕

【訳】重なり茂りあう森の木立で、夜が更けて月が傾き、森の奥がひどく不気味な夏の夜半です。

柳陰夏月

149

夜もすがら月と風とを宿しつつ柳は夏を払ひつるかな

〔夜もすから月と風とを宿しつゝ柳は夏を拂つるかな〕

【訳】柳の木陰の夏の月／ひと晩中、月と風とを己が身に宿しながら、柳は夏をはらい清めていたのです。

夕べの納涼〔夕納涼〕

150

夕月の影もさし添ふおばしまに小簾《おす》の隙もる風ぞ涼しき

〔夕月の影もさしそふおはしまにをすのひまもる風そすゝしき〕

【訳】夕方の納涼／夕方の月の光も差し加わる手摺りのもとに居て、簾《すだれ》の隙間から洩れ入る風がなんと涼しいことでしょう。

151

風渡る須田の堤の柳陰《やなぎかげ》渡し待つ間の夕べ涼しも

〔風わたるすたのつゝみの柳陰わたし待間の夕すゝしも〕

【訳】風が吹き渡る須田の堤防の柳の木陰で、渡し船を待つ間の夕方は涼しく感じられることです。

【解】「須田の堤」は、隅田川の渡し場の一つ。春部一一八番歌にも見える地名である。

152

竹亭夏月

日陰ぞと頼みし窓の呉竹《くれたけ》を月の隈とも恨む夜半かな

〔日陰そとたのみし窓の呉竹を月のくまとも恨むよは哉〕

【訳】竹を植えた家の夏の月／日陰を作ってくれると頼りにした窓辺の呉竹を、いまは美しい月を隠す邪魔物とも恨みに思う夜半です。

153

むら雨《さめ》の竹の葉そそぐ音やみて月の霜《しも》置く軒《のき》の涼しさ

〔村雨の竹の葉そゝく音やみて月の霜置軒のすゝしさ〕

【訳】にわか雨が竹の葉に降りそそぐ音が止んで、澄み切った月光が白く霜を置くように見える軒が涼しいことです。

154

蚊遣火

さらぬだにいとも住み憂き賤《しづ》か家《や》にまたもいぶせく焚く蚊遣《かや》りかな

〔さらぬたにいとも住うき賤か家にまたもいふせくたく蚊遣哉〕
【訳】蚊遣り火／そうでなくてさえひどく住みづらい粗末な家に、更に鬱陶《うっとう》しくも焚く蚊遣り火です。

155

故郷の蛍〔古郷蛍〕

夏草のしげみが奥に荒れはてて蛍の宿となれる故郷《ふるさと》

〔夏艸のしけみか奥に荒はてゝ蛍の宿となれる古郷〕
【訳】故郷の蛍／夏草の茂みの奥に、すっかり荒れ果てて、今では蛍の宿となっているわが古い住処《すみか》です。

156

名所納涼

夕月の影も流れて大井川筏《いかだ》の床《ゆか》にすずむ里人

〔夕月の影もなかれて大井川筏の床にすゝむ里人〕
【訳】名所の納涼／夕月の光も水とともに流れて、大井川を流す筏の床で里人は涼んでいます。

157

船中の納涼〔船中納涼〕

大井川早瀬の波に棹《さを》さして漂ふ月の影の涼しさ

〔大井川早瀬のなみに棹さしてたゝよふ月の影のすゝしさ〕

【訳】 船中の納涼／大井川の速い流れの波に棹をさして船を進めて行くと、水面を流れ漂う月光の涼しいことです。

158

夏山家

夏山の木陰《こかげ》涼しき滝枕《たきまくら》浮き世の外《ほか》の夢結ぶらむ

〔夏山の木陰すゝしき瀧枕うきよの外の夢むすふらん〕

【訳】 夏の山里の家／夏山の木陰の涼しい家で、近くの滝の音を枕に涼しく聞きながら眠る人は、俗世間を離れた夢を見ているのでしょう。

蟬の声秋近し〔蟬聲秋近〕

159

秋近き野辺《のべ》の草木に置く露を命とたのむ蟬のもろ声

〔秋近き野への草木に置露を命とたのむ蟬のもろ聲〕

【訳】蟬の声に秋が近い／秋が近づいた野辺の草木に置くはかない露を、命を繋《つな》ぐものとあてにする蟬たちが、揃って一斉に鳴く声が悲しげです。

160

鳴く蟬の声もあはれに聞こえけり秋遠からぬ森の下陰《したかげ》

〔啼せみの聲もあはれにきこえけり秋遠からぬ森の下陰〕

【訳】鳴いている蟬の声もしみじみと悲しげに聞こえてくることです。秋が近づくこの森の木の下陰では。

161

山家郭公

世離れし庵《いほり》近くもほととぎす塵にけがれぬ音《ね》を洩らすなり

〔世はなれし庵近くも時鳥ちりにけかれぬ音をもらす也〕

【訳】山里の家の郭公／世間から離れた私の質素な家の近くで、ほととぎすも俗世間の塵に穢《けが》れない美声を洩らすことです。

162

山家水鶏

山里は戸ざしだに無き我が宿に夜ただ水鶏《くひな》の何叩くらむ

〔山里は戸さしたになき我宿によたゝ水鶏の何たゝくらん〕

【訳】山里の家の水鶏／この山里では、戸を閉ざす錠や掛けがねさえも無いようなわが家なのに、一晩中、水鶏がどうして戸口を叩くのでしょうか。

【解】水鶏の鳴き声は戸をたたく音と似ていると考えられている。『源氏物語』「澪標」巻に「水鶏だに驚かさずはいかにして荒れたる宿に月を入れまし」の光源氏あにあてた花散里の歌がある。

〈参考〉真木の戸も鎖さでやすらふ月影をなにをあかずと叩く水鶏ぞ（紫式部集・七三）
夜もすがら水鶏よりけになくなくぞまきの戸口にたたきわびつる（『紫式部日記』）

163

山家夏月

風冴ゆる霜夜の月の心地して見るめ涼しき山下《やました》の庵

〔風さゆる霜夜の月のこゝちしてみるめすゝしき山下のいほ〕

【訳】山里の家の夏の月／風が冷たく吹く霜夜の月のように感じて、見るからに光が涼しい山の麓《ふもと》の庵です。

164

旅宿五月雨

草枕しめりがちなる五月雨《さみだれ》に馴れし浪花《なには》の偲ばるるかな

〔艸枕しめりかちなる五月雨になれし浪花のしのはるゝかな〕

【訳】旅宿の五月雨／旅の宿の枕が湿りがちになる五月雨に、住み慣れた大阪の家が自然と思い起こされることです。

165

暁郭公

行方《ゆくへ》さへさやかに見えて有明《ありあけ》の月に横切る山ほととぎす

〔行衛さへさやかにみえて有明の月に横きる山ほとゝきす〕

【訳】暁の郭公／飛んでゆく姿も方角までもがくっきり鮮やかに見えて、有明の月を横切って行く山ほととぎすです。

166

ほととぎす飽かで過ぎ行く声の跡につれなく残る有明《ありあけ》の月

〔ほと、きすあかて過行聲の跡につれなく残る有明の月〕

【訳】ほととぎすが、その声に聞き飽きることがないうちに飛び去り、声が通った跡の空に、有明の月がそしらぬ風で残っています。

167

時鳥に寄する述懐〔寄時鳥述懐〕

ほととぎす汝の古巣へしるべせよ憂き世の外の隠れ家にせむ

〔ほと、きすなれの古巣へしるへせよ浮世の外のかくれ家にせん〕

【訳】ほととぎすに寄せて思いを述べる／ほととぎすよ、お前のもとの巣へ私を案内しなさいよ。そこを私は俗世間の外の隠れ家にしようと思いますよ。雑部三二二番歌参照。

秋

朝顔〔朝皃〕

168

朝日かげさすもつらしや朝顔の垣根ばかりは照らさずもがな

〔朝日かけさすもつらしや朝皃の垣根はかりはてらさすも哉〕

【訳】朝顔／朝日の光が差すのも恨めしいことです。私の目覚めの顔、朝顔の垣根だけは照らさないでほしいものですよ。

【解】「朝顔」は、古来、人の起き抜けの顔の意と花の朝顔とを掛けて使用されることが多い。

169

朝顔の花の垣根にはかなさを思ひくらべてむすぶ白露

〔朝皃の花の垣根にはかなさをおもひくらへてむすふ白露〕

【訳】朝顔の花の垣根に、互いの命の儚《はかな》さを思い競って置き結ぶ白露があります。

秋旅

170

草枕夕べ淋しく虫なきて袂《たもと》露けき旅衣《たび》かな

〔艸まくら夕淋しく虫なきて袂露けき旅ころもかな〕

【訳】 秋の旅／旅の宿で、夕方に寂しく虫が鳴いて、涙を誘われてしまい、袂も涙の露で濡れてしまう旅衣です。

171

草枕霧のまがきをふすまにて月影寒き秋の夜半かな

〔草まくらきりのまかきをふすまにて月かけ寒き秋のよは哉〕

【訳】 旅の宿で、空では垣根のように棚引く霧を月が夜具にして、そのため月光が寒く感じられる秋の夜半でありますよ。

172

故郷の虫〔古郷虫〕

住み捨てし我が故郷《ふるさと》に来て見ればかごとがましく虫ぞ鳴くなる

〔すみすてし我古郷にきてみれはかことかましく虫そ啼なる〕

【訳】 故郷の虫／かつて住み今は捨てた私の古い家にやって来てみると、まるで恨み言でも言うようにやかましく虫が鳴くことです。

173

庭前菊

庭の面の秋の深さをおのづから移ろふ菊の色にみるかな

〔庭の面の秋のふかさをおのつからうつろふ菊の色にみるかな〕

【訳】 庭先の菊／庭一面に秋が深まっていることを、自然と色変わりした菊の花の色によって見知ることです。

174

草花の色々〔艸花色々〕

置く露にあはれも深き八千草《やちぐさ》は何れを先《ま》づや折りて帰らむ

〔おく露にあはれも深き八千艸は何れを先や折て帰らん〕

【訳】 草花の色々／置いた露によって、しみじみと色も情趣も深いさまざまな草花、このうちのどれを真っ先に手折って帰るのでしょうか。

175

秋の野の千草の花の色々に置く露さへも色かへにけり

〔秋野の千艸のはなのいろ〳〵に置露さへも色かへにけり〕

【訳】秋の野では沢山の草花のそれぞれに美しい色のために、花に置いた露までもその色を変えてしまったことです。

野辺に虫を聞く〔野辺聞虫〕

176

浅茅生《あさぢふ》の小野の草むら露ふけておのが様々すだく虫の音《ね》

〔浅ち生の小野の艸村露ふけておのかさま〳〵すたく虫の音〕

【訳】野辺に虫の声を聞く／草深く荒れた小野の草むらに露が置く夜更け、それぞれに美しい音色を競うように鳴いている虫の声です。

177

すすき原夕べ淋《さび》しく虫なきて袖に露ちる野べの通《かよ》ひ路《ぢ》

〔す丶き原夕淋しく虫なきて袖に露ちる野への通路〕

【訳】薄の野原は夕暮れ時に寂しい声で虫が鳴くので、野辺の通路を行き交う人の袖には草の露ばかりでなく、涙の露も落ち散るのです。

朝霧

178

天《あま》つ空明けても暗く霧こめてかすかに残る有明《ありあけ》の月

〔天津そら明てもくらく霧こめてかすかに残る有明の月〕

【訳】朝霧／大空は、夜があけて少し明るい一方でまだ暗いほどに霧が立ちこめて、有明の月がかすかに残っています。

179

あし引の山の朝霧たちこめて音のみ高し那智《なち》の大滝

〔あし引の山の朝霧たちこめて音のみ高し那智の大瀧〕

【訳】山の朝霧が立ち込めているために、目にはよく見えないで水音ばかりが高く響いてくる那智の大滝です。

月前菊

180

折る袖も匂ふばかりに咲く菊の下葉《したば》の露に月ぞこぼるる

〔折袖も匂ふはかりに咲菊の下葉の露に月そこほる丶〕

【訳】 月前の菊／花を手折る袖も香り立つほどに咲きにおう菊の花、その下葉に月光がさして光の露がこぼれ落ちることです。

181

我が庭の籬《まがき》にさける白菊の花の香白き夕月夜かな

〔我庭の籬にさける白菊の花の香白き夕月よかな〕

【訳】 わが家の庭の垣根に咲いている白菊、その花の香までも白く匂い立つような美しい夕月夜です。

182

夜衣打つ〔夜擣衣〕

一人住むいほり淋しき秋の夜にあはれを添ふる遠砧《とほきぬた》かな

〔ひとりすむいほり淋しき秋のよにあはれをそふる遠碪かな〕

【訳】 夜に衣を擣つ／一人で住むこの粗末な家の寂しい秋の夜に、更に悲しさを添える遠くからの砧を打つ音です。

秋の田家〔秋田家〕

183

小山田《をやまだ》の見る程もなき家ゐにも刈り穂積むなり豊年の秋

〔小山田のみる程もなき家ゐにもかりほ積なり豊年の秋〕

【訳】秋の田の傍らの家／山田のそばにある小さな農家でも刈り取った稲穂を積んでいます。豊年の秋です。

184

朝夕の煙も細き賤《しづ》が家《や》もとしある秋はうきを忘れて

〔朝夕のけむりも細き賤か家もとしある秋はうきを忘れて〕

【訳】貧しく朝夕の炊事の煙もか細い民の家でも、収穫の米がある秋は辛い気持ちも忘れて過ごすことです。

【解】「としある秋」の「とし」は、穀物、特に稲のみのりの意。

月夜に友を待つ〔月夜待友〕

185

ながむれば月こそ物を思はすれ我が待つ友はおとづれもせで

〔なかむれは月こそ物を思はすれ我待友はおとつれもせて〕

【訳】 月夜に友を待つ／ぼんやり見ていると、月は人に物思いをさせるものです。私が待っている友は訪れることもなく音信もくれないでいるので。

〈参考〉 月見れば千々にものこそ悲しけれ我が身一つの秋にはあらねど（古今集・秋上・一九三・大江千里）

186

友を待つ心も長き秋の夜のかたぶく月の惜しくもあるかな

〔友をまつこゝろも長き秋のよのかたふく月のをしくも有哉〕

【訳】 気長に友を待つのも長い秋の夜の、更けるにつれて沈みかける月がしみじみ惜しいと感じられます。

擣衣幽かなり〔擣衣幽〕

187

山風のはるかにさそふ槌の音はふもとの里のきぬたなるらむ

〔山かせのはるかにさそふつちの音はふもとの里のきぬた成らん〕

【訳】 衣を打つ音がかすかである／山風が遠くから運んでくる木槌の音は、麓の里で打っている砧なのでしょう。

188

衣打つ音も幽かになりにけり月澄みわたる玉川の里

〔衣うつ音も幽に成にけり月澄わたる玉川の里〕

【訳】 衣を打つ砧の音もかすかになってしまったことです。月が美しく澄み渡っている玉川の里では。

189

初雁〔初鳫〕

隅田川渡り待つ間に聞きてけり夕ぐれ寒き初雁の声

〔すみた川わたり待間に聞てけり夕くれさむき初鳫の聲〕

【訳】 初雁／隅田川の渡し船を待つ間に聞きました。夕暮れ時の寒い中、この秋最初の雁の声を。

190

月前の雁〔月前鳫〕

久方《ひさかた》の空晴れ渡る秋の夜の月に隈なす雁の一列《ひとつら》

〔久かたの空はれ渡る秋のよの月にくまなす鳫の一つら〕

【訳】 月前の雁／大空が晴れ渡っている秋の夜、月に対して翳《かげ》りを作るように飛ぶ雁の一列があります。

191

鳴き渡る雁の羽風《はかぜ》に雲消えて空行く月の影ぞさやけき

〔啼わたる鳫の羽風に雲消てそら行月の影そさやけき〕

【訳】鳴きながら飛び渡る雁たちの羽が起こす風のおかげで雲が消え、空を行く月の光が清らかなことです。

初紅葉

192

朝日影向ひが岡の初紅葉こと木より先《ま》づ染めてけるかな

〔旭影向ひか岡の初紅葉こと木より先染てけるかな〕

【訳】初紅葉／朝日の光が差す向ひが岡の初紅葉よ、他所の木よりも真っ先に色を染めてしまったのですね。

【解】「向かひが岡」は、地名とすれば、文京区の向丘か。五二番歌参照。

193

秋時雨淋《さび》しくも降る森陰にけしき添へたる初紅葉かな

〔秋しくれ淋しくも降森陰にけしき添たる初紅葉かな〕

【訳】 秋の時雨が寂しい感じに降る森の陰に、きれいな色を添えている初紅葉です。

松間紅葉

194

老松《おいまつ》のしげみにかかる蔦紅葉《つたもみぢ》千年《ちとせ》の色にあへよとぞ思ふ

〔老まつのしけみにかゝる蔦紅葉千年のいろにあへよとそ思ふ〕

【訳】 松の間の紅葉／老松の茂みに懸かっている蔦の紅葉は、このまま松の千年の緑色に紅葉の色を交ぜ加えなさいと思うことです。

195

濃く薄く木《こ》の間の紅葉《もみぢ》染めなして錦あや取る峰の松原

〔こく薄く木の間の紅葉染なしてにしきあやとる峯の松原〕

【訳】 木の間の紅葉が濃くも薄くも色づき渡って、峰の松原は錦を美しく飾っています。

196

松山に鹿の鳴く声聞こゆなり谷間の紅葉今か染むらむ

〔松山に鹿の啼こゑきこゆなり谷間の紅葉今か染らん〕

【訳】 松山で鹿の鳴き声が聞こえます。谷間の紅葉が今まさに染められているのでしょうか。

【解】 古来、秋には、時雨が紅葉を染め、鹿が妻恋のために鳴くと歌われた。参考歌のような発想か。

〈参考〉 高砂の尾上の松の下もみぢ染めしや鹿の涙なるらむ（林葉累塵集・四六八・通直女）

197

ぬば玉の闇はあやなき山陰の松の木の間に照る紅葉かな

〔ぬはたまのやみはあやなき山陰の松の木の間に照紅葉哉〕

【訳】 夜の闇では甲斐がない山の陰の、松の木の間に美しく色づき照らす紅葉ですよ。

【解】 嗅覚を生かした春歌である参考歌を、視覚重視の秋歌に転用したか。

〈参考〉 春の夜のやみはあやなし梅花色こそ見えね香やはかくるる（古今集・春上・四一・凡河内躬恒）

198

水上菊

岩が根の千代の白菊香をとめて流れ久しき谷川の水

〔岩か根の千代の白菊香をとめて流久しき谷川の水〕

【訳】 水上の菊／岩の根元の千年の寿命をもたらす白菊、その香りを留めて流れも久しい谷川の水です。

199

河波の打ち寄するかと見るまでに咲き乱れたる岸の白菊

〔河なみの打よするかとみるまてに咲みたれたる岸の白菊〕

【訳】 河の白波が打ち寄せているのかと思うほどに、一面に岸に咲き乱れている白菊です。

暮秋露

200

露結ぶ千草《ちぐさ》にすだく虫の音も枯るるは秋の暮るるなるらむ

〔露むすふ千艸にすたく虫の音もかるゝは秋のくるゝ成らん〕

【訳】 暮秋の露／露が置いた多くの草のもとで、しきりと鳴いている虫の声も、次第に聞こえなくなるのは、秋が終わりゆくからでしょう。

旧平戸松浦家先祖、河原の左大臣千年忌の歌集、水上の菊といふ題にて

〔旧平戸松浦家先祖河原の左大臣千年忌哥集水上菊といふ題にて〕

201

松浦川この川上に咲く菊の千年《ちとせ》の秋も香ぞ匂ひける

〔まつら川此川上にさく菊の千年の秋も香そ匂ひける〕

【訳】旧平戸松浦家の先祖である河原の左大臣の千年忌の歌集に、水上の菊という題で／松浦川のこの川上に咲いている菊は、千年の秋もずっと咲いて香り続けているのですね。河原の左大臣（源融）の血統を受け継いだ松浦家が今に至るまで続いているのです。

【解】雑部二九三番歌参照

202

月前の雁〔月前鳫〕

山の端にかたぶく月に先だちて棚田《たなだ》に落つる雁の一つら

〔山のはにかたふく月に先たちて棚田に落る鳫の一つら〕

【訳】月前の雁／稜緑に沈みかける月に先立つように、雁の一列が棚田に向かって飛び下って行きます。

203

雲はらふ風に乱るる雁がねはなかなか月の隈とこそなれ

〔雲はらふ風にみたる、鳫かねは中々月のくまとこそなれ〕

【訳】雲を払う強い風のために列を乱して飛ぶ雁は、その姿が月の翳りとなって、却って形をくっきり見せていることです。

204

沖遠くつづくばかりに住吉《すみよし》の岸田の稲は穂波うつなり

秋田

〔沖遠くつゝくはかりに住吉の岸田の稲はほなみうつなり〕

【訳】秋の田／沖の遠いところまで続きそうなほどに、住吉の岸辺の田の稲は繰り返し大きく穂波を打っています。

205

晴れわたる月にも物を思ふこそ憂き世離れぬ心なるらめ

月

〔晴わたる月にも物を思ふこそ憂世離れぬ心なるらめ〕

【訳】月／晴れ渡って美しい月を見ても物思いをしてしまうことこそ、このつらい現世を離れない心なのでしょう。

山家秋

206

世の中のけがれに染まぬ色みえて千々《ちぢ》に花咲く山の草むら

〔世中のけかれに染ぬ色みえて千々に花咲山の艸村〕

【訳】山の家の秋／俗世の穢れに染まらない清浄な色が見られて、千々の色に様々な花が咲く山の草むらです。

秋夜に友を思ふ〔秋夜友思〕

207

訪ふ人もなき山里の庵《いほ》の戸に誰まつ虫の音《ね》にや鳴くなり

〔訪人もなき山里の庵の戸に誰まつ虫の音にや鳴也〕

【訳】秋の夜に友を思う／訪ねて来る人もいない山里の粗末なこの家の戸口に、松虫の鳴き声がするのは、一体誰を待って鳴くのでしょうか。

【解】夏部一二七番歌参照

冬

208

残菊

着せ綿と紛へるばかり置く霜に老《お》ひを養ふ菊もありけり

〔きせわたとまかへる計おく霜に老をやしなふ菊も有けり〕

【訳】残りの菊／着綿と見間違えるほどです。降りた霜で、老いを養生する菊もあるのですね。

【解】着綿は重陽《ちょうよう》の節句に菊の露や香りを染みこませた綿で身体を拭い、老いを防ぐというもの。

209

庭霜

冬枯れて秋の色なきわが庭に花と見るまで置《お》ける朝霜

〔冬かれて秋の色なき我庭に花とみるまて置る朝霜〕

【訳】庭の霜／冬は枯れて、秋の時の彩りのない私の庭に、花と見間違うまでに降りた朝の霜です。

210

有明《ありあけ》の月と見るまでわが庭の芝生における霜のさやけさ

〔有明の月とみるまて我庭の芝生における霜のさやけさ〕

【訳】　有明の月が出ているようにみえる私の庭の芝生に降りた霜の清々《すがすが》しい様です。

211

森冬月

雲はらふ夜半の嵐にくもるかな木の葉しぐるる森の月影

〔雲はらふよはの嵐にくもるかな木葉しくる、森の月影〕

【訳】　森の冬の月／雲を払うはずの夜中の嵐で曇るほどです。森の木の葉が激しく舞い散る月の光は。

212

冬松

木がらしに古葉《ふるは》はらひて常磐《ときわ》なるみどり色濃《いろこ》き岡の松原

〔木からしに古葉はらひてときはなるみとり色濃き岡の松原〕

【訳】　冬の松／木枯らしで古い葉を払って、常に緑の色が濃い、岡の松原です。

213

住之江《すみのえ》の岸打《う》つ浪に声添へて御前の松に夜《よ》あらしの吹く

〔住の江の岸打浪に聲そへておまへの松に夜あらしの吹〕
【訳】住江の岸に打ち寄せる浪の音に添えて、住吉社の前の松に夜の嵐が吹いています。

冬月

214

霜白く更《ふ》け行《ゆ》く松に月さえて声ものすごくふくろふの啼く

〔霜白く更行松に月さえて聲物すこくふくろふの啼〕
【訳】冬の月／夜が更けてゆき、霜が白く降りた松に月の光が冴えて、恐ろしい声で梟が鳴いています。

215

谷川の水音絶えて静けくも氷に冴ゆる月の寒《さむ》けさ

〔谷川の水音たえてしつけくも氷にさゆる月の寒けさ〕
【訳】谷川に氷が張って水音が絶え、静かになる中、冴えざえとした月の光に寒さを感じることです。

216

落葉

夜《よ》あらしの音静《おとしず》かにもなりにけり軒《のき》の木《こ》の葉や払ひ果てけむ

〔夜あらしの音静にも成にけり軒の木の葉やはらひはてけん〕

【訳】 落葉／夜の嵐の音が静かになりました。かさついていた軒の木の葉もすっかり払われてしまったのでしょう。

217

旅雪

降り積もる雪に昔を偲ぶかな佐野のわたりの夕暮れの宿

〔降つもる雪に昔をしのふかな佐野々わたりの夕くれの宿〕

【訳】 旅の雪／降り積もる雪に昔を偲ぶかのようです。佐野のあたりの夕暮れの宿では。

〈参考〉 駒とめて袖うち払ふかげもなし佐野のわたりの雪の夕暮（新古今集・冬・六七一・藤原定家）

冬庭

218

冬されば木々の梢《こずえ》も落ち葉して色なき庭ぞ淋《さび》しかりける

〔冬されは木々の梢も落葉して色なき庭そ淋しかりける〕

冬の庭

【訳】冬がきたので、木々の梢もすっかり葉を落として、彩りのなくなった庭の淋しいことです。

219

あらし吹く山の裾野の旅人は落ち葉の衣《ころも》着つつ行くらむ

〔あらし吹山のすその丶旅人は落葉の衣きつ丶行らむ〕

落葉

【訳】嵐が吹く山の裾野を行く旅人は、まるで落ち葉の衣を着ながら行くようです。

220

小夜《さよ》あられ真木の板屋《いたや》に訪れて結びし夢をおどろかしぬる

〔小夜あられまきの板家に音つれてむすひし夢をおとろかしぬる〕

屋上霰

【訳】屋上の霰／夜の霰が真木の板で葺《ふ》いた家の屋根に降ってきて、夢を見ている私の目を覚まさせることです。

冬花

221

冬枯れし賀茂の宮居《みやゐ》の神垣《かみがき》に咲けるも嬉《うれ》し柊の花

〔冬枯し加茂の宮ゐの神垣に咲けるも嬉しひいらきの花〕

【訳】冬の花／冬枯れした賀茂の神社の垣根に咲いているのも嬉しいことです。柊の花は。

222

わが宿の木《こ》の芽《め》の花をさし入れて古葉の香り煮るぞ楽しき

〔わか宿の木のめの花をさし入て古葉のかをり煮るそ楽しき〕

【訳】私の家の茶の花を加えて古い茶葉を煮出すと、よい香りが楽しめます。

【解】「古葉の香り」は、お茶の花を乾燥させて、秋の終りの茶花を入れた古いお茶を煮出した時の香りか。「木の芽」は「茶」の異名。

ふすま

223

冬の夜も寒き色とは見えぬかな濃《こ》き紅《くれなゐ》の衾重ねて

〔冬のよも寒き色とはみえぬかな濃き紅のふすまかさねて〕

【訳】衾／冬の夜も寒い色にはみえないのですね。濃い紅色の衾を重ねると。

【解】衾は寝る時にからだの上にかける長方形の夜具。

炉火春に似たり〔爐火似春〕

224

訪るる窓の夜あらし寒けれどあたり春めく閨の埋み火

〔音つるゝ窓の夜嵐寒けれとあたり春めく閨の埋火〕

【訳】炉の火、春に似たり／音をたてて窓の外にやってくる夜の嵐は寒いのですが、寝室の炉の埋火のあたりは春めいていることです。

225

初冬

あはれてふ秋も昨日に小余綾《こゆるぎ》の磯の松風音《おと》のはげしさ

〔あはれてふ秋もきのふにこゆるきの磯の松かせ音のはけしさ〕

【訳】 初冬／しみじみと趣深いという秋も昨日までで、小余綾の磯の松風の音がはげしくなっています。

【解】 小余綾　神奈川県中郡大磯町から小田原市国府津にかけての海辺。「小余綾の磯」の形で歌に詠まれた。歌枕。「こゆるぎ」「こよろぎ」とも。「こゆるぎ」に「越ゆ」を掛けるか。

226

朝落葉

朝風に紅葉散《ち》り交ふ山里は昨日の秋の偲ばるるかな

〔朝かせに紅葉散かふ山里はきのふの秋のしのはるゝかな〕

【訳】 朝の落ち葉／朝の風に紅葉が舞い散る山里は、昨日までの秋が偲ばれることです。

行路霜

227 さらぬだに渡りわづらふ谷川の丸木の橋に置《お》ける朝霜

〔さらぬたにわたりわつらふ谷川の丸木の橋に置る朝霜〕

【訳】行く路の霜／そうでなくても渡るのが大変な谷川の丸太の橋に、降りている朝の霜です。

228 枯《かる》草《も》掻《か》く臥す猪の床《とこ》は荒れ果てて野辺《のべ》の通《かよ》い路《ぢ》霜更《ふ》けにけり

〔かるもかくふすゐの床は荒はて、野への通路霜更にけり〕

【訳】枯れ草に臥して眠るという猪の床は荒れ果てて、野辺に通う道はすっかり霜が降りていることです。

【解】「枯草掻《かるもか》く」は猪が寝るときに枯草をかき集めて床にするというところから「猪」にかかる。「臥す猪」は猪が萱や萩などを敷いて寝たところ。また猪《いのしし》のことをいう場合もある。

〈参考〉かるもかきふす猪《ゐ》の床の寝をやすみさこそ寝ざらめかからずもがな（後拾遺集・恋四・八二一・和泉式部）

初雪

229

昨日まで富士の高嶺《たかね》に見し雪の今日《きょう》降り初《そ》むる三保の松原

〔きのふまて不二の高根にみし雪のけふ降初る三保の松原〕

【訳】 初雪／昨日まで富士山の高い嶺に見ていた雪が、今日は初めて三保の松原に降っています。

【解】 三保の松原　静岡県清水区の三保半島の海岸砂丘に連なる松の防風林。富士山を望む白砂青松の景勝地。

冬ごもり〔冬篭〕

230

雪深き山里人はことさらに籠もるとなしに冬ごもりせり

〔雪深き山里人はことさらにこもるとなしに冬こもりせり〕

【訳】 冬ごもり／雪の深い山里の人は、ことさらに籠もるというわけでもなく、自然と冬ごもりすることです。

231

埋み火〔埋火〕

暖かに匂ふ火桶《ひおけ》の桜炭《さくらずみ》花咲く春の心地こそすれ

〔あたゝかに匂ふ火桶の桜炭花さく春のこゝちこそすれ〕

【訳】埋み火／暖かな火鉢から薫ってくる桜炭の香りは、まことに花の咲く春のような心地がします。

【解】桜炭は佐倉炭のこと。「桜」は当て字。千葉県佐倉地方のクヌギを材料とした良質な木炭。

232

団居してあたり春めく埋《うづ》み火に言葉の花も咲く夜《よ》なりけり

〔まとひしてあたり春めく埋火にこと葉の花も咲夜也けり〕

【訳】団らんしているあたりがあたたかい埋み火によって春めき、話に花が咲く夜であることです。

【解】原本は「埋火に」の「に」の部分、「の」を消して、重ね書きしている。

233

寒草〔寒艸〕

枯れわたる尾花《をばな》がもとに小夜更《さよふ》けて燃ゆるも凄《すご》し野辺《のべ》の狐火《きつねび》

〔枯わたる尾花かもとに小夜更てもゆるもすこし野への狐火〕

【訳】寒草／すっかり枯れてしまったすすきのもとに夜が更けていくなか、ぞっとするように燃える野辺の狐火です。

【解】寒草《かんそう》は冬の草。枯れしおれた草。狐火は夜陰に野原などで火が点々と見えたり消えたりする現象。原因は燐が燃えるともいわれているがよくわかっていない。

234

淋しさを風にまねきし秋暮れて霜重げなる篠薄かな

〔さひしさを風にまねきし秋くれて霜おもけなるしのすゝき哉〕

【訳】淋しさを風によって招いた秋が暮れて、霜がついて重そうな篠薄《しのすすき》であります。

【解】篠薄は篠と薄。篠は細く群がって生える竹類。薄はイネ科の多年草の類。

235

歳暮

花咲きし春は昨日と思ふ間にはやくも年は巡り来にけり

〔花さきし春はきのふと思ふ間にはやくも年はめくりきにけり〕

【訳】歳の暮／花が咲いていた春はつい昨日だと思っていた間に、はやくも年はめぐって暮れになってしまいました。

236

行く年は矢よりもはやく梓弓はるも隣と成りにけるかな

〔行としは矢よりもはやくあつさ弓はるもとなりと成にけるかな〕

【訳】過ぎていく年は矢よりも早く、春もすぐ隣まで来ていることです。

【解】梓弓は梓の木で作った弓。「矢」「梓弓」「はる（張る）」が縁語。「はる（張る・春）」が掛詞となっている。

237

新年雪

深雪《みゆき》降る山下《やました》庵も大方の世には埋もれず年立ちにけり

〔深雪ふる山下いほも大かたの世にはうもれすとしたちにけり〕

【訳】新年の雪／深い雪の降る山の下の庵も俗世間と同様に新年になりました。

【解】原本では「あら玉のとしたつけふは春めき」を「大かたの世にはうもれすとしたち」と推敲している。

早梅

238

降り積もる雪に埋みて咲く梅に春の近さはあらはれにけり

〔ふりつもる雪にうつみて咲梅に春の近さはあらはれにけり〕

【訳】早咲きの梅／降り積もる雪に埋もれて咲く梅の花に春の近さが感じられます。

水鳥

239

風冴ゆる玉藻の床《とこ》に臥し侘びて妻なき鴛鴦の夜ただ鳴くなり

〔風さゆる玉もの床にふしわひてつまなきをしのよたゝ鳴也〕

【訳】水鳥／風が冷たく吹く夜、玉藻の床に嘆き臥して妻のないおしどりが一晩中鳴いています。

【解】玉藻は美しい藻のこと。鴛鴦は雌雄むづまじいところから、夫婦仲のよいさまにたとえていう。

元日

240

あらたまの今年となりし今日よりは昨日を去年《こぞ》と言ふも遙けし

〔あら玉の今年となりしけふよりはきのふをこぞといふもはるけし〕

【訳】元日／年が明けて今年となった今日からは、昨日を去年と呼ぶのも遙かに遠い感じがすることです。

【解】「あらたまの」は「年」の枕詞。新年。年のはじめ。正月の意。

〈参考〉年の内に春はきにけりひととせをこぞとやいはむことしとやいはむ（古今集・春上・一・在原元方）

241

いとまなき昨日の暮れに引きかへて年立つ今日の心豊けさ

〔いとまなききのふの暮にひきかへて年立けふの心ゆたけさ〕

【訳】せわしない昨日の暮れの様子と比べて新年となった今日の心はなんとゆったりしていることでしょうか。

242

新年海

わたの原年立つ今日の朝なぎにかすまぬ波の音も静けし

〔わたの原年立けふの朝なきにかすまぬ浪の音も静けし〕

【訳】 新年の海／大海原は、新しい年が立った今日の朝凪に、霞むことない、波の音も静かです。

243

新年に友に会う〔新年會友〕

新しき言葉の花も咲きにけり年の初めの今日の団居に

〔あたらしきことはの花も咲にけり年のはしめのけふのまとゐに〕

【訳】 新年に友に会う／友に会って会話がはずみ、新しい言葉の花が咲いたことです、年の初めの今日の楽しい団欒に。

門松

244

雪積みて春とも見えぬ門松も常盤の色に千代は籠もれり

〔雪つみて春ともみえぬ門松もときはの色に千代はこもれり〕

【訳】門松／雪が白く降り積って、春とも見えない門松も、常盤の緑色に末永い繁栄へ祈りがこもっているのです。

木枯

245

隈となる古葉《ふるは》払ひて月ばかり柴の立ち枝《え》に吹き残りけり

〔くまとなる古葉はらひて月はかり柴の立枝に吹残りけり〕

【訳】木枯らし／木枯らしは、美しい月の翳《かげ》りになる古い葉をすべて吹き払って、月だけを柴の立ち枝の向こうに吹き残していることです。

246

木々はみな払い尽くせし木枯らしのなほ夢残す峰の松原

〔木々はみな拂盡せしこからしの尚夢残す峯の松原〕

【訳】木々の葉はみな払い尽くした木枯らしですが、なおも吹き払う夢を残しています、峰の松原に。

247

田家霜

冬来れば小田《おだ》の仮庵荒れ果てて人目も草も霜枯れにけり

〔冬くれは小田のかりいほ荒はてゝ人目も艸も霜かれにけり〕

【訳】 田のそばの家の霜／冬が来ると、小田の仮小屋もすっかり荒れ果てて、人もやって来ないし、草もみな霜で枯れてしまいました。

【解】 下の句は参考歌に拠るが、当該歌では「(人め) 離れ」と「(草) 枯れ」の掛詞が「霜枯れ」の使用により、すっきりとは働いていない。

〈参考〉 山里は冬ぞ寂しさまさりける人めも草もかれぬと思へば (古今集・冬・三一五・源宗于)

248

寒松

冬枯れの高嶺《たかね》に残る一つ松これや嵐の宿りなるらむ

〔冬かれの高根に残る一つ松これや嵐のやとり成らん〕

【訳】 寒い季節の松／冬枯れした高い峰に残った一本の松、これは嵐の宿りどころなのでしょうか。

249

打ち寄する波の雫《しづく》につらゝゐて下枝《したえ》寒けき三保の松原

〔打よする浪の雫につらゝゐて下枝寒けき三保の松原〕

【訳】絶えず打ち寄せる波の雫のせいでつららができて、下枝がいかにも寒々しい三保の松原です。

【解】「三保の松原」は静岡市、駿河湾に延びる砂嘴《さし》にある松原。

250

雪、花に似たり〔雪似花〕

み吉野の山の木立《こ》ちに雪積みてさながら花の咲くかとぞ見る

〔三吉野の山の木立に雪積てさなから花の咲かとそみる〕

【訳】雪が花に似ている／吉野山の木立ちに白く雪が降り積って、まるで桜が咲いたのかと見ることです。

【解】「雪」を「花」に見立てるのは伝統的発想。

251

花咲ける面影見せて降る雪に目離れぬ庭と今朝はなりにき

〔花さける面影みせて降雪にめかれぬ庭と今朝はなりにき〕

【訳】木に花が咲いている面影を見せて降る雪のために、目が離せない庭に、今朝はなってしまいました。

252

新年に友に会う〔新年會友〕

年立ちし今日の団居ののどけさに心さへにぞ改まりぬる

〔年たちしけふのまとゐののどけさに心さへにそあらたまりぬる〕

【訳】 新年に友と会う／新しく年が立った今日の友との団欒、その気持ちのよい穏やかさで、年だけでなく心までもが改まりました。

253

庭早梅

窓近く紐とく梅の花の香は冴ゆれど風は冬としもなし

〔窓近くひもとく梅の花の香はさゆれと風は冬としもなし〕

【訳】 庭の早咲きの梅／窓の近くで花を開いた梅の香りは冴えているけれども、風は冬のように冷たくもありません。

254

何事もなさで今年も怠りの数をかぞふる日とはなりにき

歳暮近し〔歳暮近〕

〔何事もなさて今年もをこたりの数をかそふる日とは成にき〕

【訳】 歳の暮れが近い／これといって何も成さないままに、今年も、我が身の怠りを数えて後悔の日とはなってしまいました。

255

桜炭匂ふ火桶《ひおけ》にさし寄りて冬としもなき年は来《き》にけり

炉辺に年を迎ふ〔爐邊迎年〕

〔さくら炭匂ふ火桶にさしよりて冬としもなき年は来にけり〕

【訳】 炉のそばで新年を迎える／桜炭の匂いが漂う火鉢の傍にいると、その暖かさと匂いで、冬とも感じられない新しい年がやって来たのを感じます。

【解】 二三一番歌参照

256

雪中松

花咲ける面影《おもかげ》見えて老松《おいまつ》の若返りけり雪の曙《あけぼの》

〔花さける面影みえて老松の若かへりけり雪の曙〕

【訳】 雪の中の松／花が白く咲いているような姿を見せて、老いた松の木が若返ったようです、雪が降っている夜明けは。

257

おさまれる御代《みよ》に倣ひて並松《なみまつ》の夢も静けき雪の曙《あけぼの》

〔をさまれる御代にならひて並松の夢も静けき雪の曙〕

【訳】 平和な治世の続く御代をお手本にしたように、並んだ松の千年の夢も静まっています、雪の降る夜明けは。

258

新年雪

あらたまの年は深雪《みゆき》に埋《うも》れても竹の操《みさを》は千代も変はらじ

〔新玉の年は深雪に埋れても竹の操は千代もかはらし〕

【訳】 新年の雪／新しい年は、雪が降り続けるうちに明け、深い雪に埋れても、寒さにも色を変えない竹の固い信念は、千年も変わらないのです。

【解】 王国維（一八七七〜一九二七）の『王観堂集』に竹は変わらない操があることを述べた文がある。『竹之為物、草木中之有特操者與（中略）其超世之致、與不可屈之節、與君子為近、是以君子取焉』

259

降り積もる雪に埋もれて立つ年も千代の影ある窓の呉竹《くれたけ》

〔降つもる雪に埋れて立年も千代の影ある窓の呉竹〕

【訳】 降り積もる雪に埋もれるようにして立った新年も、千年も変わらない姿を見せる窓辺の呉竹です。

260

歳暮

思ひきや年の早瀬の老いの波また堰きあへて越えぬべしとは

〔おもひさや年の早瀬の老の波またせきあへて越ぬへしとは〕

【訳】 歳の暮れ／思いも寄らなかったことです。早く流れる川のような歳月、老いの波をまた堰き止めるようにして年を越えていくことになろうとは。

【解】「思ひきや」は、反語。「おもひさや」を内容から「思ひきや」と校訂した。

〈参考〉年たけてまた越ゆべしと思ひきや命なりけり佐夜の中山（新古今集・羇旅・九八七・西行）

261

人待ちし庭の紅葉も散り果てて木立《こだち》寂しく年は暮れけり

〔人まちし庭の紅葉も散はて、木立淋しく年は暮けり〕

【訳】訪ねて眺めてくれる人を待っていた庭の紅葉もみな散って、木立も寂しくなって年が暮れました。

262

とこしへの命の道をたどる身は年の暮とも思はざりけり

〔とこしへの命の道をたとる身は年の暮とも思はさりけり〕

【訳】神の教えに従って、永遠に続く命の道をたどっていく我が身は、限りある年の暮れとも特に思わないのです。

【解】晩年の浅子はキリスト教に入信し、その布教と女性の地位向上のための活動に邁進した。雑の歌にもその思いが数多く詠まれている。

263

霊育に寄せ新年を祝ふ〔寄霊育祝新年〕

明《あきら》けき教えの道は輝きて朝日のどけく年立ちにけり

〔明らけき教の道は輝てあさ日のとけく年立にけり〕

【訳】霊育ということに寄せて新年を祝う／明らかな神の教えの道は光り輝いていて、朝日も穏やかに、新しい年が立ちました。

【解】「霊育」とは、キリスト教の用語。常に神を敬い、神と人とを愛する心を養う教育、「知育」と対で心の修養を言う。

264

寒月、梅花を照らす〔寒月照梅花〕

冴ゆる夜の闇を破りて咲く梅の花に照り添ふ月の清《さや》けさ

〔冴る夜の闇を破りて咲梅の花に照そふ月の清けさ〕

【訳】寒月が梅花を照らす／冷えた夜の暗闇を破るように鮮やかに咲く梅、その花に照り加わる月光の清らなことです。

【解】原本は「ぬばたまの」を「冴る夜の」と訂正している。

265

雪積みし老い木の梅に咲く花の影若返り照らす月かな

〔雪積し老木の梅に咲花の影若かへりてらす月哉〕

【訳】 雪が積もった老木の梅に咲く花の姿が、美しく若返って見えるほどに、真白に照らす月です。

恋

266

月に寄する恋〔寄月戀〕

晴れやらぬ思ひや空に通ひけむ曇りはてたる山の端《は》の月

〔晴やらぬ思ひや空にかよひけんくもりはてたる山の端の月〕

【訳】月に寄せる恋／私の晴れることのない悶々とした恋心が空に通じているからなのでしょうか。雲に覆い尽くされている稜線の月です。

267

心だに変はらざりせばいたづらに月見る夜半も恨みざらまし

〔こゝろたにかはらさりせはいたつらに月みるよはも恨さらまし〕

【訳】もしもあの人の心だけでも変わらないとしたならば、虚しく独りで月を見る夜更けも、あの人を恨まないでしょうに。あの人が心変わりしたから、恨まずにいられないのです。

268

鶏に寄する恋〔寄鶏戀〕

恋ひ恋ひてまれに逢ふ夜も心なくゆふつけ鶏の声洩らすらむ

〔戀〱てまれに逢夜も心なく夕つけとりの聲もらすらん〕

【訳】鶏に寄せる恋／恋しい恋しいと思い続けてまれに逢う夜も、無情に朝を告げる鶏が鳴き声をもらすことです。

【解】「夕つけ鶏」は、関での祓えに用いる木綿《ゆふ》を付けた鶏。人を隔てる関のものとして、二人の仲を邪魔するものとして表現する。

〈参考〉こひこひてまれにこよひぞ相坂のゆふつけ鳥はなかずもあらなむ（古今集・恋三・六三四・よみ人しらず）

恋枕〔戀枕〕

269

睦言を語り明かししきぬぎぬは我が枕にも恥づかしきかな

〔むつことをかたりあかしゝきぬ〱は我まくらにもはつかしき哉〕

【訳】恋枕／愛の言葉を語り明かした翌朝は、自分の枕の名残にも恥ずかしい気持ちがすることです。

270

つらかりし人の心と思ふより残る枕も恨みられつつ

〔つらかりし人の心と思ふより残る枕もうらみられつゝ〕

【訳】私に薄情だったあの人の心よ、と思うとすぐに、残った枕に対しても自然と恨めしい気持ちになることです。

271

祈る恋〔祈戀〕

御手洗の波の逢瀬《あふせ》もあるものを祈るしるしのなど無かるらむ

〔みたらしの浪も逢瀬のあるものを祈る印のなとなかるらむ〕

【訳】祈る恋／御手洗川の波でも瀬に逢う、逢瀬があるのに、私の恋を賀茂の神に祈ることのききめはどうして現れないのでしょうか。

272

暁の恋〔暁戀〕

今はとて見送る影もさし櫛のあかつき闇ぞあやなかりけり

〔今はとて見送る影もさしくしの暁闇そあやなかりけり〕

【訳】暁の恋／それでは、と言って私が見送る恋人の姿もほんの少し見えて、私は髪の乱れを直して櫛をさす、夜明けの闇というのは理不尽なものです。

273

横雲の別れをあはれきぬぎぬの我が身の上に手繰《たぐ》り候《さうら》へ

〔横雲のわかれをあはれきぬ〳〵の我身の上にたくり候へ〕

【訳】 横に棚引く雲が山から離れていく夜明けの空の別れ、ああどうか、あの人と起き別れた私の身の上に、雲を手繰り寄せるようにあの人を手繰り寄せて下さい。

274

後朝《きぬぎぬ》の恋 〔後朝戀〕

なかなかにかかる逢ふ夜のなかりせば朝《あした》に物は思はざらまし

〔中々にかゝる逢夜のなかりせは朝に物は思はさらまし〕

【訳】 後朝の恋／なまじっかこうした逢瀬がもしもなかったとしたなら、翌朝に恋の思いに悩むこともなかったでしょうに。逢ったばかりに起き別れた朝には、恋しさに悩むことです。

275

独り寝の恋 〔獨寝戀〕

現《うつつ》には思ひ捨ててても独り寝の枕にはまた夢に見えつつ

〔現にはおもひ捨ても獨寝の枕にはまた夢にみえつゝ〕

【訳】独り寝の恋／現実では恋心を捨て去っても、独り寝る夜の枕ではあの人がまたいつも夢に現れてしまうのです。

恋の命〔戀命〕

276

君がため後の世までも迷ふらむ恋に命の絶え果てむ身は

〔君かため後の世までもまよふらむ戀に命のたえはてん身は〕

【訳】恋する命／あなたのせいで死後の世までも迷い続けるでしょう。あなたへの恋のために命が絶え果ててしまうこの私の身は。

277

つらさをも誰しか人に告げやらむかくて命の絶えなましかば

〔つらさをも誰しか人につけやらんかくて命のたえなましかは〕

【訳】あなたの冷淡さをいったい誰があなたに告げ教えるのでしょうか。もしもこのまま私の命が絶えてしまったならば。

278

玉鉾《たまぼこ》の道はま近き仲なれど逢ふこと遠き恋もするかな

〔玉ほこの道は間近き中なれと逢こと遠き戀もするかな〕

近き恋〔近戀〕

【訳】近い恋／互いに住む家の距離はま近い間柄なのに、恋人として逢うことは遠い困難な恋をすることです。

279

夏衣薄き情けも重ねての逢ひ見む夜半ぞ頼みなりけり

〔夏ころも薄きなさけも重ねての逢みんよはそ頼なりけり〕

夏の恋〔夏戀〕

【訳】夏の恋／夏の衣の薄いように、あなたの薄くはかない愛情でも、あなたと再び逢う夜半はあてにしてしまうのです。

風に寄する恋〔寄風戀〕

280

秋風の憂き訪れに恋草の露も乱るる夕暮れの空

〔秋風のうき音つれに戀艸の露もみたる丶夕くれの空〕

【訳】風に寄せる恋／秋風が無情に音をたてて吹き、草についた露も風で乱れ散ります。あなたからの薄情な音信のために、恋する私は思い乱れて露のように涙をこぼしている夕暮れ時の空です。

281

来ぬ人をまつをの山の夕風は物思へとや吹きすさぶらむ

〔こぬ人を松尾の山の夕風は物思へとや吹すさふらん〕

【訳】訪れない人を待つ松尾山の夕暮れの風は、恋に思い悩めとでも言うように、吹き荒んでいるのでしょうか。

〈参考〉こぬ人をまつほの浦の夕なぎに焼くやもしほの身もこがれつつ〈新勅撰集・恋三・八四九・藤原定家〉

282

祈る恋〔祈戀〕

貴船川波のしらゆふ夕かけて逢瀬にくだく我が思ひかな

〔貴舩川浪の白ゆふ夕かけてあふ瀬にくたく我思ひかな〕

【訳】祈る恋／貴船川の波が白く早瀬に砕ける、貴船の神前に白木綿を掛けて祈り、夕暮れにはあなたと逢えますようにと、私は身を砕くような恋に悩んでいることです。

283

初瀬山踏みもならはぬ我が恋のおぼつかなさを道しるべせよ

〔初瀬山ふみもならはぬ我戀のおほつかなさを道しるへせよ〕

【訳】初瀬山のまだ踏んだことがない山道のように、私が経験したことのない恋の道の、はっきりしない不安な行く末を、神さま、どうかお示しください。

284

絶ゆる恋〔絶戀〕

つま琴の糸の縁も中絶えて逢はぬ調べの音《おと》ぞ悲しき

〔つまことの糸のゐにしも中たえてあはぬ調の音そかなしき〕

【訳】絶える恋／爪弾く琴の糸が途中で切れて、調子の合わない琴の音が悲しいのです。琴糸のような私たちの仲の縁も途中で絶えて、逢うことがなくなって悲しみに泣いています。

【解】つま琴は、爪琴、妻琴とも。24番歌参照

285

絶え果てし仲ぞ悔しき今はただ訪はぬ恨みを言ふよしもなく

〔たえはてし中そくやしき今はたゝとはぬ恨をいふよしもなく〕

【訳】完全にと絶えてしまった私達の仲はまことに残念なことです。今はただあなたの訪れもない恨めしさを伝える手段もなくなって。

初恋〔初戀〕

286

ただならず心にものを思ふこそ恋てふことの初めなるらめ

〔只ならす心に物を思ふこそ戀てふことの初なるらめ〕

【訳】初恋／普通でなく心にあれこれ思い悩むことこそが、恋ということの初めであるのでしょう。

初めて逢へる〔はしめてあへる〕

287

逢ふまでの心を今朝《けさ》に比ぶればつらさまされる我が思ひかな

〔あふまての心を今朝にくらふれはつらさまされる我思哉〕

【訳】初めて逢った／あなたに逢うまでの気持ちを、すでに逢った今朝の気持ちと比べると、恋しく切ない思いが自然とまさっている私の恋なのです。

〈参考〉逢ひみての後の心に比ぶれば昔はものも思はざりけり（拾遺集・恋二・七一〇・藤原敦忠）

288

今宵より初花染《はつはなぞ》めの恋衣つゆも乾かぬ袖となりにき

〔今宵より初花染の戀衣露もかわかぬ袖と成にき〕

【訳】今夜からは、紅の初花で染めた衣は袖がまったく乾かなくなったのです。初めてあなたに逢った今夜からは、恋しさためにいつも泣く涙で袖が乾かないようになってしまいました。

289

忘るる恋〔忘戀〕

二つなき命をさへに誓ひてしその言の葉《は》も忘れ果てけむ

〔ふたつなき命をさへにちかひてし其ことの葉も忘れはてけん〕

【訳】忘れる恋／あなたは二つとない命をかけてまでも私への愛を誓った、その言葉も全て忘れ果ててしまったのでしょう。

290

見るも憂し忘れ形見となり果てし水茎《みづぐき》さへも薄墨にして

〔みるもうし忘かたみと成はてし水くきさへも薄墨にして〕

【訳】見るのもつらいことです。忘れ形見となってしまったあなたの筆跡までも、涙に濡れた薄墨になって。

291

相思の恋〔相思戀〕

相思ふ深き心は外国《とつくに》の千里《せんり》も近き恋の道かな

〔相思ふ深き心は外国の千里も近き戀の道かな〕

【訳】互いに愛する恋／私たちの互いに思い合う深い愛情は、たとえ身ははるか外国の千里に離れていたとしても、心が近く感じられる恋の道なのです。

292

夢に逢ふ恋〔逢夢戀〕

思ひ寝にあひ見し夢の嬉しさを覚めて現《うつつ》になすよしもがな

〔思寝に逢みし夢の嬉しさを覚て現に為すよしも哉〕

【訳】　夢で逢う恋／あの人を恋しく思いながら寝て、夢であの人にあった嬉しさを、目覚めて現実のことにする手段がほしいものです。

雑

293

旧平戸松浦家先祖河原《かはらの》左大臣《さだいじん》の千年忌の歌集に塩竈《しほがま》の煙といふ題にて
〔旧平戸松浦家先祖河原左大臣千年忌哥集塩竈煙といふ題にて〕

塩竈の名のみ流れて鴨川《かもがは》は川波のみぞうち煙るなり

〔塩かまの名のみ流れて加茂川は河浪のみそ打けむるなり〕

【訳】旧平戸松浦家先祖の河原左大臣千年忌の歌集に、塩竈の煙という題で／塩竈の名前だけが伝わり、今はただ鴨川の川波だけが煙っていることです。

【解】松浦氏の始まりと言われる渡辺綱は、河原左大臣と呼ばれた源融《みなもとのとおる》の流れを汲んでいる。源融は鴨川のほとり、六条に河原院をつくり、そこに陸奥の塩竈の風景を移した。秋部二〇一番歌参照。

294

塩竈煙

藻《も》塩焼く浦の煙も末《すゑ》つひに御空の雲とたちなびきつつ

〔もしほやく浦の煙も末つひにみそらの雲と立なひきつゝ〕

【訳】塩竈の煙／藻塩を焼く、海辺の煙も最後には美しい空の雲となってたなびいていきます。

【解】藻塩は海藻を簀《す》の子の上に積み上げて、海水を注ぎ、これを焼いて取った塩のこと。

松に寄する祝〔寄松祝〕

295

葦たづの巣をくふ千代の枝さしもむかし子《ね》の日の小松なりけむ

〔あしたつの巣をくふ千代の枝さしもむかし子日の小松なりけん〕

【訳】松に寄せる祝い／鶴が巣をつくる末永く延びていく松の木の枝も、昔は子の日に植えた小さな松であったのですよ。

【解】葦たづは鶴の異称。「たづ（田鶴）」は和歌の中で鶴を指す語として使われる。子の日は主として正月の最初の子の日を指すことが多い。この日、野に出て小さな若い松を引き抜き、若菜を摘み、遊宴して千代を祝った。

296

いつの世《よ》の子《ね》の日《ひ》に曳くやもらしけむ八千代ふりにし高砂《たかさご》の松

〔いつの世の子日に曳やもらしけん八千代ふりにしたかさこの松〕

【訳】いつの時代の子の日に野から引き抜き洩らした松なのでしょうか。長い年月を経た、高砂の松でありますね。

【解】高砂は兵庫県南部加古川河口部西岸の地名。古来より高砂神社の「相生《あいおい》の松」で知られる松の名所。

297

犬

夜もすがら心やすくもねむれるは戸鎖さぬ御代《みよ》と犬や知るらむ

〔夜もすから心やすくもねむれるは戸さゝぬ御代と犬やしるらん〕

【訳】犬／一晩中、安心して眠れることができるのは、戸に鍵をかけなくてよい泰平な治世であると番犬も知っているのでしょうか。

298

旅泊

楫《かぢ》まくら都《みやこ》の夢は跡たえて現《うつつ》に残る浪の音かな

〔かちまくら都の夢は跡たえて現に残る浪の音かな〕

【訳】旅の宿り／船の中で眠りながら、都の夢はすっかり終わって、今、この現実は波の音がするばかりです。

【解】楫まくらは楫を枕にする意から、船中で寝ること。船旅。

299

煙たつ船をたのみに外国《とつくに》の港はなれて幾日《いくひ》経にけむ

〔けむりたつ船をたのみに外国のみなとはなれて幾日へにけん〕
【訳】煙をあげて出航する船を頼みにして、外国の港を出発してから幾日たったことでしょう。

窓燈

300
夜もすがら小やみもやらず降る雨の影さへしめる窓のともし火
〔夜もすから小やみもやらす降雨の影さへしめる窓のともし火〕
【訳】窓の燈／少しも一晩中、止むこともなく降る雨の中、窓に映る灯の光さえ湿ってしまうようです。

祝

301
天《あま》の戸を出《い》づる月日と諸共に光くもらぬ君が御代《みよ》かな
〔天の戸を出る月日ともろともに光くもらぬ君か御代かな〕
【訳】祝い／空に出る月や日とともに、いつまでも光が曇ることのない天皇の御治世であるますよ。
【解】「天の戸」は空の意。

302

山家友

世を憂しと深山《みやま》の庵に住みかへてむかしの友を夢にみるかな

〔世をうしと深山のいほに住かへてむかしの友を夢にみるかな〕

【訳】 山家の友／世の中をつらいものと思って、山奥の庵に移り住んだところ、昔の友を夢にみることですね。

303

春秋の花と紅葉《もみぢ》にあける身は都にまさる山の楽しさ

〔春秋の花と紅葉にあける身は都にまさる山の楽しさ〕

【訳】 春と秋で、桜と紅葉に明け暮れるこの身は、都の暮らしに勝る山住まいを楽しんでいます。

304

暮林鳥

今はとて宿《やど》れる鷺《さぎ》の羽色《はいろ》のみ松の林に暮れ残りけり

〔今はとてやとれる鷺の羽色のみまつの林に暮残りけり〕

【訳】　暮れの林の鳥／今はもう日暮れだと、宿っている鷺の白い羽だけが松林の中で光が暮れ残っていることです。

晴天鶴〔晴天鸖〕

305

久かたの空も緑と晴《は》るる日は松を離れて遊ぶ友鶴《ともづる》

〔久かたの空もみとりと晴る日はまつをはなれて遊ふ友鶴〕

【訳】　晴天の鶴／空に木々の緑が映える晴天の今日、松の木を飛び立って番《つが》いの鶴が遊んでいます。

【解】　友鶴は雌雄そろいの鶴のこと。

306

青空に立《た》ち舞ふ鶴の影とめて亀も浮かべる庭の池水

〔青空に立舞ふ鶴の影とめてかめもうかへる庭の池水〕

【訳】　青い空に舞い飛んでいる鶴の影を映し、亀も浮かんでいる庭の池です。

山家友

307

思ふこと言はぬましらを友として深山《みやま》の奥に住むぞ静けき

〔思ふこといはぬましらを友としてみ山の奥に住ぞ静けき〕

【訳】山家の友／思っていることを口にしない猿を友として、深い山奥に住みますと、ほんとうに静かな時を過ごせます。

【解】ましらは猿の異称。

述懐

308

とつ国の人とも慣れて遊ぶ世に生まれし身こそ楽しかりけれ

〔とつ国の人ともなれて遊ふ世に生れし身こそ楽しかりけれ〕

【訳】述懐／外国の人とも親しくなって、遊ぶことのできる時代に生まれた身の何と楽しいことでしょう。

309

月に日に新しきこと見聞きして開《ひら》け行《ゆ》く代《よ》に生ける楽しさ

〔月に日に新らしきこととみきゝして開行代にいける楽しさ〕

【訳】日々、新しいことを見聞きして、開いて行く時代に生きることの何と楽しいことでしょう。

310

鶴に寄する述懐〔寄鶴述懐〕

和歌の浦や子思ふ鶴はよなよなの上毛《うはげ》の霜を侘びて啼《な》くらむ

〔わかの浦や子思ふ鶴はよな〳〵の上毛の霜をわひて啼らん〕

【訳】鶴に寄せて思いを述べる／和歌の浦で子のことを思う鶴は、毎夜上毛に降りる霜の冷たさに切なく鳴くのでしょう。

【解】和歌の浦は和歌山市の紀ノ川旧河道の和歌川下流右岸、和歌浦湾北岸の景勝地。歌枕。

〈参考〉和歌の浦に潮満ち来れば潟を無み葦辺をさして鶴《たづ》鳴きわたる（万葉集・九一九・山部赤人）

311

画松

神さぶる墨絵の松の一本《ひともと》は筆の林に枯るる世ぞなき

〔神さふる墨繪の松の一本はふての林にかるゝ世そなき〕

【訳】画の松／神々しい墨絵の一本の松は、絵筆の描いた林のなかで枯れるということはありません。

312

山家水

山深く隠れ果てたる住み家をも猶《なほ》訪るる谷川の水

〔山ふかくかくれはてたる住家をも猶おとつる、谷川の水〕

【訳】山の家の水／山奥にすっかり隠れてしまった住み家にも、そこにもなお音をたてて訪ねてくる谷川の水です。

313

山里の軒《のき》の懸樋を行く水も流れの末はうき世なるらむ

〔山里の軒のかけひを行水も流れの末はうき世なるらん〕

【訳】山里の住み家の軒の懸樋を伝う水も、流れていく先は、俗世間なのでしょう。

【解】懸樋《かけい》は水を導くためにかけ渡す、竹や木などでつくったとい。

314

松、年を経る〔松経年〕

年を経し三保の松原来てみれば苔の衣ぞなおかかりける

〔年を経し三保の松原きてみれはこけの衣そ尚か丶りける〕

【訳】松が年を経る／年月を経た三保の松原にきてみると、松の幹にさらに苔が衣のように覆っていて一層時の流れを感じることです。

【解】三保の松原は静岡県清水区三保半島の海岸砂丘に連なる松の防風林。富士山を望む白砂青松の景勝地。

315

果てもなき八重《やへ》の汐路《しほぢ》を吹く風の宿《やど》りやいづこ磯の松原

海辺松〔海邊松〕

〔はてもなき八重の汐路を吹風の宿りやいつこ磯の松原〕

【訳】海辺の松／果てしなく続く、長い海路を吹く風が宿るのはこの磯の松原の一体どこなのでしょうか。

【解】八重の汐路は非常に長い海路。八潮路《やしおじ》。

316

うねび山出《い》づる旭《あさひ》は天神の御代《みよ》守ります光なるらむ

日出山

〔うねひ山いつる旭は天神のみ代まもります光なるらむ〕

【訳】日出山《うねびやま》／畝傍山から出る朝日は、皇祖神天照大神《あまてらすおほみかみ》が今上帝の御代をお守りになる光なのでしょう。

【解】日出山　畝傍山《うねびやま》。木庭次守編『新月の光』（八幡書店・二〇〇二年）に「畝傍山《うねびやま》は、稜威日《うねび》、出日《うねび》、日出山《うねびやま》の意義であり、口成山《くちなすやま》である。すなわち天照日の大神の御活霊として、世界を照らし給ふの稜威日《うねび》であります」という記述がある。

317

山家

よそ目には心やすけき山里も慣るれば同じうき世なりけり

〔よそめには心やすけき山里もなるれは同しうきよなりけり〕

【訳】山の家／よそ目には、心安らかな山里も、住み慣れるとほかと同じつらい世の中であったのです。

318

天長節

生れ坐しし御代《みよ》長月《ながつき》を幾《いく》秋の重《かさ》ねて匂ふ千代の白菊

〔あれまし、御代長月を幾秋の重て匂ふ千代の白菊〕

【訳】天長節／天皇陛下のお生まれになられたこの九月を、幾度となく秋を重ねて末長く白菊が香る月と称せましょう。

【解】天長節は天皇の誕生日を祝った祝日。明治六年（一八七三）、国の祝日とされ、昭和二十三年（一九四八）に天皇誕生日と改称した。明治天皇は旧暦嘉永五年（一八五二）九月二十二日に誕生。

山

319

久方《ひさかた》の空にそびゆる富士の嶺《ね》は雲居の山と言ふべかりけり

〔久かたの空にそひゆる不二の根はくもゐの山といふへかりけり〕

【訳】山／空にそびえる富士の嶺はまさしく雲の上の山というべきものです。

320

麓《ふもと》なる端山《はやま》繁山《しげやま》雲閉ぢて御空に高く晴るる富士の嶺《ね》

〔麓となる端山しけ山雲とちてみそらに高く晴る不二の根〕

【訳】山麓の木々の茂った山々は雲に隠れ、晴れ渡った美しい空に高く富士の嶺がそびえています。

〈参考〉筑波山端山繁山しげけれど思ひ入るにはさはらざりけり（新古今集・恋一・一〇一三・源重之）

321

夢〔梦〕

ありて憂き幻の世に迷いつついつ長き夜の夢を見果てむ

〔有てうき幻の世にまよひつゝいつなかきよの梦をみはてん〕

【訳】夢／この生きていてつらい現世にあって、幻のような世を迷いながら、いつ長い夜の夢から醒めるのでしょう。

322

時鳥に寄する述懐〔寄時鳥述懐〕

ほととぎすおのが住み家にしるべせようき世の外の隠れ家にせむ

〔ほとゝきすおのかすみかにしるへせようき世の外のかくれかにせん〕

【訳】時鳥に寄せて思いを述べる／あの世と現世を行き交うという時鳥よ、自分の住処に私を案内しなさい。そこを辛い世からのがれる隠れ家にしましょう。

【解】ほととぎすは古来より夏の鳥として親しまれ、文学にもよく登場する。蜀王の霊の化した鳥とか冥土《めいど》との間を行き来する鳥など、種々の伝説が多い。時鳥、不如帰、杜鵑、子規、しでの田おさ、たま迎え鳥、夕かげ鳥など表記や呼び名も多い。夏部一六七番歌参照。

樵夫

323

朝夕の煙はおのが手わざなる真柴《ましば》焚くなりそま人の家

〔朝夕のけむりはおのか手わさなるましはたく也そま人の家〕

【訳】樵夫／朝夕立つ煙は、そま人自身が刈った柴を焚いたものなのです、そのそま人の家では。

【解】そま人は杣木《そまぎ》を切り出すことを職業とする人。きこり。

〈参考〉おもひいづるをりたくしばの夕煙むせぶもうれしわすれがたみに（新古今集・哀傷・八〇一・後鳥羽天皇）

324

山がつを椎の葉柴を伐り持ちて帰るさ寒き夕暮れの空

〔山かつをしひの葉柴をこりもちてかへるさ寒き夕暮の空〕

【訳】樵の男が粗末な山の家まで椎の葉や柴を伐って持ち帰る途中、夕暮れに見る寒い空です。

【解】山がつは、樵を指し、「山がつを」で樵をする男の意。

還暦賀

325

みどり子の昔に還る今年より千年《ちとせ》を松の齢かさねよ

〔みとり子のむかしにかへる今年より千年を松のよはひ重よ〕

【訳】還暦の賀／生まれたばかりの昔にもどる還暦の今年から、長寿を松にあやかって年をお重ねください。

326

別

【訳】別れ／

【解】詞書のみ書かれ、歌はない。

327

犬

荒れ果てし山のさつをの宿ながら夜《よ》ただ門守《かども》る犬もありけり

〔あれはてし山のさつをの宿なから夜たゝ門守る犬も有けり〕

【訳】犬／荒れ果ててしまった山の猟師の家ではありますものの、夜中に忠実に番をする犬もいることです。

【解】さつおは狩猟をする人、猟師のこと。さつびと。かりゅうどとも。原本には「住家も」を「宿なから」とし、「宿のこひ犬」を「犬も有けり」とする推敲の跡がある。

猫

328

敷島の大和ことばも聞き分けて我が国ぶりに慣れし唐猫

〔しきしまのやまとことはも聞分て我國ふりになれしから猫〕

【訳】猫／日本の言葉も聞き分けて、我が国の風土になれた中国わたりの猫ですこと。

【解】敷島は崇神天皇および欽明天皇が都を置いたという伝承がある大和国磯城郡（奈良県桜井市）の地から転じて、大和（奈良）をいう枕詞。猫は奈良時代に中国から渡来したとされる。一説によると仏教伝来の際、経典を鼠の害から守るために猫を添えたという。

329

妻をだに定めかねつつ唐猫は恋路の闇にまよひぬるかな

〔妻をたに定かねつゝから猫は戀路の闇にまよひぬる哉〕

【訳】つがう雌猫を決めかねながら、唐の猫は恋路の闇をさまよっているのですね。

330

試筆

むかしより変わらぬ文字を年ごとにこと新しく書くぞめでたき

〔むかしよりかはらぬ文字を年毎にことあたらしく書そめたき〕

【訳】試し書き／昔から変わることのない文字を、年の初めに殊更新しく書くことこそがめでたいことです。

【解】原本末句「書そめたき」を「書くぞめでたき」と解して訳した。

331

樵夫

松の葉を拾へる子らを杖として重荷厭はぬ老《おい》の柴人《しばびと》

〔松の葉を拾へる子らを杖として重荷いとはぬ老の柴人〕

【訳】樵夫／松葉を拾っている子どもたちを杖がわりにして、背の柴の重さを厭わない年取った柴人です。

【解】柴人はたきぎにする柴を刈り取る人のこと。

332

海に寄する祝〔寄海祝〕

大船《おほぶね》の煙も絶えずうちなびき海原《うなばら》かけて栄《さかえ》ぬるかな

〔大ふねのけむりもたえす打なひき海原かけて栄ぬるかな〕

【訳】海に寄せる祝い／大きな船の煙も絶えることなくなびき、海原を進む様はなんと栄えあることでしょう。

333

皇軍の勝利を言祝《ことほ》ぎて〔皇軍の勝利を壽て〕

唐織《からお》りは弱りてついに破れなむ大和錦に比べ難しや

〔唐織はよはりて終に破れなんやまと錦にくらへかたしや〕

【訳】天皇陛下の軍隊の勝利を祝って／唐の織物（清国）は弱り、ついに破れることでありましょう（敗れることでありましょう）。大和の錦（日本）と比べるべくもないのです。

【解】唐織を清国に、大和錦を日本に喩えたか。明治二十七年（一八九四）に始まった日清戦争は、翌二十八年一月には威海衛で清の北洋艦隊を全滅させ、三月に下関で講和条約が結ばれた。

334

皇軍を思ひやりて

いくさ人いかに寒さをしのぐらむ衾きてだに耐へぬこの夜を

〔いくさ人いかに寒をしのくらんふすまきてたにたへぬ此よを〕

【訳】天皇陛下の軍隊を思いやって／軍人は、どうやって寒さをしのいでいるのでしょう。布団を被っていても耐え難いこの寒い夜を。

335

庭前松

珍しき色ならねどもあの世なき松こそ庭に植うべかりけれ

〔めつらしき色ならねともあの世なき松こそ庭にうゝへかりけれ〕

【訳】庭先の松／珍しい色ではありませんが、千年も生きるというあの世を持たない松をこそ、庭に植えるべきなのです。

【解】「松樹千年翠《しょうじゅせんねんのみどり》、不入時人意」という対句がある（柴山全慶編『禅林句集』）。松の木は常に緑で変わらないので、紅葉や花のように人目を引くことはない。しかし移ろいやすい世の中で、変わることのない不変の真理を表していると解されている。

蒸気船〔蒸氣船〕

336

立ちのぼる煙の末も消えぬ間に浪路はるけく船はるかなり

〔立のほる煙の末も消ぬ間に浪路はるけく船はるかなり〕

【訳】蒸気船／立ち上る煙の末も消えないうちに、波路をはるかに船は遠ざかっていくことですよ。

【解】五句目、原本は「船はるかにき」あるいは「船はるかなり」か、解読不能。ここでは末尾の文字を「里（り）」と取り、後者を取って訳した。

337

うちなびく船の煙《けぶり》を大空の雲と見るらむ鶴《たづ》の都は

〔打なひく舩のけふりを大空の雲とみるらんたつの都は〕

【訳】うちなびく、船の煙を大空の雲とみるのでしょう。ここ舞鶴の地は。

【解】たづ　鶴の歌語。三三二番歌、三三三番歌等から「たづの都」を京都府北部にある舞鶴のことかと推測した。舞鶴は明治時代、日本海側におかれた唯一の海軍の鎮守府（ほかは横須賀、呉、佐世保）。日清戦争の賠償金によって舞鶴の軍港が整備され、飛躍的に発展した。

琴に寄する祝〔寄琴祝〕

338

松風のしらべに通ふつま琴はおのづからにも千代ぞこもれる

〔松風のしらへにかよふつま琴はおのつからにも千代そこもれる〕

【訳】琴に寄せる祝い／松風の音に似通う琴の音は、自然と千代のめでたさがこもっています。

【解】つま琴は、爪琴。二四番歌参照。

339

内国博覧会をみて西原にて詠める〔内国博覧会をみて西原にてよめる〕

数々の品うち見れば花ならぬ都は春の錦《にしき》なりけり

〔かす〳〵の品うちみれは花ならぬ都は春のにしきなりけり〕

【訳】内国博覧会を見て西原にて詠む／数々の出品をみると、花ではありませんが、都は栄えて春の錦を織りなした様であったのでした。

【解】西原が渋沢栄一の邸があった東京都北区西ヶ原のことであれば、東京で開催された第一回から第三回までの内国博覧会のこととなるか。ただし第四回、京都での内国博覧会を詠んだ春部八十四番歌が酷似しているので断定はできない。第一回内国勧業博覧会（一八七七年）当時、浅子二十九歳。第二回（一八八八年）時、浅子三十三歳。第三回（一八九〇年）時、浅子四十二歳。第四回（一八九五年）京都開催の時は浅子四十七歳。

〈参考〉見渡せば柳桜をこきまぜて都ぞ春の錦なりける（古今集・春上・五六・素性）

340

嶺上暁雲

箱根山暁《あかつき》づく夜《よ》越えくれば袖に別るる嶺の横雲

〔はこね山暁つく夜こえくれは袖にわかるゝみねの横雲〕

【訳】嶺の上の暁の雲／箱根の山をあかつきの時分に越えて来ると、たなびく雲が袖を離れていくように見えます。

【解】暁づく夜　暁月夜。暁に月の残っている空。有明の月。

〈参考〉春の夜の夢の浮き橋途絶えして峰にわかるる横雲の空（新古今集・春上・三八・藤原定家）

341

松上鶴

百敷の宮居の松にうち群れて御代を言祝ぐひな鶴の声

〔もゝしきの宮ゐの松に打むれてみ代をことほくひな鶴の聲〕

【訳】松の上の鶴／宮中の松に集まって、今上帝の御代を祝う中、ひな鳥の声が聞こえます（宮中に人々が参内して、今上帝の皇子の誕生を祝う中、皇子のなき声が聞こえます）。

【解】「御代を言祝ぐ」という言葉から、皇子の誕生を祝う歌かと思われる。大正天皇が誕生したのは明治十二年（一八七九）八月三十一日。浅子三十一歳。

342

古稀祝

まれなりと言へる齢も鶴亀の千万《ちよろ》づまではいとも遙けし

〔まれなりといへるよはひも鶴亀の千万つまではいともはるけし〕

【訳】古稀の祝い／古来稀であると言われている古稀七十歳も、鶴亀の千年万年までは、まだまだ遙か先のことでございますよ。

343

年賀

限りなき君《きみ》の齢は長浜の真砂千数《まさごちかず》に比べてぞみる

〔かきりなき君のよはひは長濱の真砂千数にくらへてそみる〕

【訳】年賀／限りない今上帝の年齢は、長浜の数え切れない砂粒の数に比べてみるほど長寿でいらっしゃいましょう。

〈参考〉わたつみの浜のまさごをかぞへつつ君が千年のありかずにせむ（古今集・賀・三四四・よみ人しらず）

344

松に寄する祝〔寄松祝〕

高砂の松の千年に比べなば八十八老の二葉なりけり

〔高砂の松の千年にくらへなは八十八老の二葉なりけり〕

【訳】松に寄せる祝い／高砂に生えている松が千年もいることに比べれば、八十八歳（米寿）はまだ二葉という歳でいらっしゃいます（ますますの長寿をお祈りいたします）。

345

鶴に寄する祝〔寄鶴祝〕

久方《ひさかた》の雲居に高く舞ふ鶴《たづ》は君が齢の友とこそ知れ

〔久かたの雲ゐに高く舞鶴は君かよはひの友とこそしれ〕

【訳】鶴に寄せる祝い／空高く舞う鶴はあなたの長寿の友とわかりました。

桜楓会のはたらき愛でて詠める〔桜楓会のはたらきめて、よめる〕

346

散りやすき桜紅葉の名にも似ず永遠の命の友どちの宿

〔散やすき桜もみちの名にも似すとはの命の友とちの宿〕

【訳】桜楓会《おうふうかい》の活動を愛《め》でて詠む／桜楓会は、散りやすいという桜や紅葉の名前にも似ることなく、永遠に続く友達の集まる組織と言えましょう。

【解】桜楓会　日本女子大学校の卒業生の団体。創立者成瀬仁藏の指導により、単なる親睦会ではなく生涯学習と社会貢献を活動の理念として発足した。浅子は例会等に出席して指導にあたるとともに、桜楓会補助団を組織し、その活動を経済的に支援した。現在の正式名称は一般社団法人日本女子大学教育文化振興桜楓会。友どちは友達のこと。朋友。仲間。

347

明治二十八年十月大磯に遊びて鴫立沢の古跡の庵を訪れて詠める

〔明治廿八年十月大磯に遊ひて鴫立沢の古跡の庵を訪てよめる〕

鴫《しぎ》立ちしむかしの跡は今も猶同じあはれの秋の夕暮れ

〔鴫立しむかしの跡は今も猶おなしあはれの秋の夕暮〕

【訳】明治二十八年十月、大磯で遊んだ時に「鴫立沢」の古跡の庵を訪ねて詠む／鴫が飛び立ったという和歌の古跡は、今も往時と同じままの情趣のある秋の夕暮です。

【解】大磯　神奈川県中南部相模湾に面する地名。江戸時代初期小田原の崇雪が西行法師の古歌による「鴫立沢」の標石を立てて、この地に草庵を結んだ。その後「鴫立庵」として俳人大淀三千風が閑居した。

〈参考〉心なき身にもあはれはしられけり鴫たつ沢の秋の夕暮〈新古今集・秋上・三六二・西行〉

同年同月箱根塔の沢の洗心楼に宿りて〔同年同月函根塔の澤洗心樓に宿りて〕

348

騒がしき浮世に遠く宿しめて心を洗ふ谷川の水

〔さわかしき浮世に遠宿しめて心をあらふ谷川の水〕

【訳】同年同月〈明治二十八年十月〉箱根の塔の沢、洗心楼に泊まって／騒がしい俗世間から遠く離れた宿に泊まっていると、心を洗うかのような谷川の水音が聞こえてきます。

【解】洗心楼　明治二十三（一八九〇）年に創業した箱根塔の沢の福住楼が所有していた「洗心楼玉の湯」のこと。福住楼は明治四十三（一九一〇）年の早川の大洪水により流出してしまったが、この洗心楼をもとに再開し現在に至る。

同じく玉簾《たまだれ》の瀧にものして詠める〔同玉たれの瀧に物してよめる〕

349

紅《くれなゐ》の糸繰り出《いだ》す瀧浪《たきなみ》は峯《みね》の紅葉《もみぢ》の染むるなりけり

〔紅の糸くりいたす瀧浪は峯の紅葉のそむるなりけり〕

【訳】同じ時、玉簾の滝に行って詠む／紅の糸を繰り出して来るような滝水の波は、峰の紅葉が染めたものなのでした。

【解】玉簾《たまだれ》の滝は、箱根町湯本にある瀧。流れ落ちる清水が「玉簾《たますだれ》」のように細かく美しいことからつけられたという。

350

同、宮の下・木賀・小涌谷・底倉・堂ヶ島、五つの温泉場を廻りて詠める

〔同宮の下木賀小浦谷底倉堂ヶ嶋五ツの温泉場を廻りてよめる〕

里《さと》遠き深山《みやま》の奥も小車の行き交ひやすき世とはなりにき

〔里遠き深山の奥も小車の行かひやすき世とは成にき〕

【訳】同じ時、宮の下・木賀・小涌谷・底倉・堂ヶ島の五つの温泉を廻って詠む／里が遠い、深い山奥の温泉も、小車が簡単に行き交う世の中になったことです。

【解】原本に「小浦谷」とあるのは、小涌谷のことと考えられる。明治八年（一八七五年）小田原の外れから箱根湯本までの東海道の幅を広げ、勾配をゆるくして人力車が通れるようにした。人力車一銭、大八車七厘、小車三厘の通行料を五年間徴収したとある。

351

外国の殿ゐつくりも立ちなみて市路《いちぢ》なしたる山の片そば

〔とつ国の殿ゐつくりも立なみて市路なしたる山のかたそは〕

【訳】外国風の建物も立ち並んで、町のようになった山の際です。

【解】殿ゐつくり　建物の様式と解して訳した。箱根の富士屋ホテルなどを指すか。

352

底清に岩間の清水汲み上げて深き教への心こそ知れ

三十九年八月三泉寮の開の式に臨みて詠める

〔三十九年八月三泉寮の開の式にのそてよめる〕

〔そこ清に岩間の清水汲上て深きをしへの心こそしれ〕

【訳】明治三十九年八月三泉寮の開寮式にのぞんで詠む／底まで澄み切った岩間の清水を汲み上げて、深い教えの真髄を理解することです。

【解】三泉寮　一九〇六年軽井沢に開寮した日本女子大学の夏季寮。創立者成瀬仁蔵の希望を受け評議員三井三郎助が自邸の敷地に寮舎を建設し提供した。七月一五日より夏季寮を開始し、八月二七日に開寮式兼閉寮式を挙行。浅子は名誉寮監を務め、学生と寝食を共にしながら生活指導を行った。名前の由来は敷地を提供した「三井家」の「三」と成瀬が経験したという生命を養う水の源である三つの泉「健康の泉」「智識の泉」「心霊の泉」を重ねている。歌題の部分、原本では「のそて」とあるが、「のぞみて」と解して訳した。

friendship 友情

353

世の中の憂きを忘れて楽しきは隔てぬ仲《なか》の心なりけり

〔世の中のうきを忘れてたのしきはへたてぬ中の心なりけり〕

【訳】フレンドシップ友情／世の中の辛いことを忘れるほど楽しいことは隔てのない友達の心なのでした。

354

忘られぬ心の友の心こそ永遠の命の光なるらめ

〔忘られぬ心の友の心こそとはの命の光なるらめ〕

【訳】忘れられない心からの友の心こそが、永遠の命の光となるのでしょう。

成瀬先生講演集の口書に詠める〔成瀬先生講演集の口書によめる〕

355

永久の命の路の教え草《ぐさ》踏《ふ》み分けてこそ行くべかりけれ

〔とこしへの命の道の教艸ふみわけてこそ行へかりけれ〕

【訳】成瀬先生の講演集の口書に詠む／永遠の命の道を説く教えの草を踏み分けてこそ、私たちは進んで行くべきなのです。

【解】『日本女子大学校長成瀬仁蔵先生述講演集　第二』（一九〇七年一二月二四日発行）の扉に掲載されたもの。

成瀬先生は、成瀬仁蔵（一八五八〜一九一九）のこと。山口県出身。沢山保羅《ぼうろ》によりキリスト教に入信。日本女子大学創立者。

356

さまざまの若木の楓生《おひ》たちて心涼《すず》しきすみかにぞある

楓寮《かへでれう》を訪《おとづ》れて詠める〔楓寮を訪てよめる〕

〔さま〱の若木の楓生たちて心すゝしきすみ家にそある〕

【訳】楓寮を訪問して詠む／さまざまの若木の楓のような若者が成長して心が清らかになる住まいがまさにここなのです。

【解】楓寮は在京の桜楓会員のため一九〇八年二月、小石川区（現文京区）小日向台一丁目に設立された。

桜寮を訪れて詠める〔桜寮を訪てよめる〕

357

この宿に植《う》ゐし桜の花々は赤き心の花と咲きけり

〔此宿に植し桜のはな〳〵はあかき心の花と咲けり〕

【訳】桜寮を訪問して詠む／この寮に植えてある桜の花々のような若者はいつわりのない心を持った人として成長したのですね。

【解】赤き心はいつわりのない心、まごころ、誠意を表す「赤心」のこと。桜寮は日本女子大学を卒業し、その後母校附属校、桜楓会などに奉職する在校桜楓会員のための寮。一九〇七年一二月に開寮した。

358

外国《とつくに》の人をも友にいと清き学《まな》びの窓の風の涼《すず》しさ

晩香寮《ばんこうれう》を訪れて詠める〔晩香寮を訪てよめる〕

〔外國の人をも友にいと清き学ひの窓の風のすゝしさ〕

【訳】晩香寮を訪問して詠む／外国の人をも友として、清らかな学校に吹く風のなんとさわやかなことでしょう。

【解】晩香寮　一九〇八年開寮の洋風寮。評議員渋沢栄一の寄附による。アメリカ人ミス・アズバンが初代寮監を務め、英語の習練と洋風生活の実験を試み、室内の装飾、設備、食物等すべて簡素を旨とした。一柳まき子（浅子の娘婿の妹）は、一時期副寮監として英語・ピアノの指導にあたった。インドの詩人タゴールをはじめ外国からの賓客の饗応にも使用された。
渋沢栄一の喜寿を祝って建てられた『晩香廬』（東京都北区飛鳥山公園内）の名称と通じる。

名称の由来は「バンガロー」「菊花晩節香（自作の漢詩）」「晩香（栄一の実父の雅号）」など諸説ある。国の重要文化財。

四十年十月軽井沢に紅葉《もみぢ》見むとものしける。夕暮れより雨の降りて山の家の静けさ言はむかたなく過ごし、夏の賑《にぎ》はひのさまは見る影もなき旅の宿《やど》り、何となくあはれ人の世の定めなきを感じ、眠りの床《とこ》に夏居《ゐ》しところにありし友を思ひて詠める

〔四十年十月軽井沢に紅葉見んと物しける夕暮より雨の降て山家の静けさいはんかたなく過し夏の賑はひのさまはみる影もなき旅の宿り何となくあはれ人世の定なきを感眠りの床に夏ゐしところにありし友を思ひてよめる〕

359

旅枕《たびまくら》夏なつかしき夢覚《さ》めて現《うつつ》の袖《そで》に秋雨《あきさめ》ぞふる

〔旅枕夏なつかしき夢覚て現の袖に秋雨そふる〕

【訳】明治四十（一九〇七）年十月軽井沢に紅葉を見ようとして出かけた。夕暮れより雨が降って、山の家の静けさが言葉にできないほどの趣の中を過ごし、夏の賑わいの様はまったくない。旅の宿は、なにともいえず人の世には定まったことが何一つないこと感じ、床の中でむかし夏に軽井沢で一緒に過ごした友を思って詠む／旅にあって、懐かしい昔の夏の夢を見、目が覚めると、現実にはただ冷たい秋雨が降っているだけなのでした。

同翌日も雨なほ少し降りてありける時〔同翌日も雨なを少し降てありける時〕

360

もろともに秋のあはれや思ふらむ時雨《しぐれ》て染むる峯の紅葉《もみぢ》葉

〔もろともに秋のあはれや思ふらん時雨て染る峯の紅葉は〕

【訳】同じときの翌日、雨がなおも少し降っていたとき／一緒に秋の寂しさを思っているのでしょうか。時雨が降って染める峰の紅葉は。

361

濃く薄く染むる紅葉《もみぢ》の色見れば都《みやこ》に知らぬ錦《にしき》なりけり

〔こく薄く染る紅葉のいろみれは都にしらぬ錦なりけり〕

【訳】濃く薄く色づく紅葉の色を見ると、都会では見ることができない錦のような美しさでありました。

四十一年夏季三泉寮《さんせんれう》の六回生結論会に臨みて結論文の末に真善美《しんぜんび》を各部に喩へて詠める

〔四十一年夏季三泉寮の六回生結論會にのそみて結論文の末に真善美を各部にたとへてよめる〕

362

新しき万《よろづ》のもの現《あら》はして真事《まこと》の道を世々《よよ》に教へよ

〔あたらしき萬のもの現はして真事の道を世々に教よ〕

真　日本女子大学校教育部に喩へて詠める
〔真　日本女子大学校教育部にたとへてよめる〕

【訳】明治四十一（一九〇八）年夏季三泉寮の六回生結論会に臨んで、結論文の最後に真善美を、各部に喩えて詠む／真は、日本女子大学校教育部に喩えて詠む／新しいすべてのものを明らかにして、真の事を求める道を代々教えなさい。

【解】原文「万のもの」は字足らず。「万のものを」か。

363

日に月に女の業《わざ》を磨きつつ善き世《よ》の中の母とこそなれ

〔日に月にをみなの業をみかきつゝ善世の中の母とこそなれ〕

善　同家政学部〔善　同家政学部〕

【訳】善は、同じく家政学部に喩えて／日ごと月ごとに、家政を学業として磨きながら、世の中の良を生み出す母となることです。

364

美　同和英両文学部〔美　同和英両文学部〕

美しく人の心を導《みちび》きて進むは文《ふみ》の力なりけり

〔美しく人の心を導てすゝむは文のちから成けり〕

【訳】美は、同じく和文・英文両学部に喩えて／美しく人の心を導いて、進んで行くのは文学の持つ力なのです。

365

希望

もろともに心の駒《こま》にむち打ちて永遠の命の道に進まむ

〔もろともに心の駒にむちうちてとはの命の道にすゝまん〕

【訳】希望／一緒に心の中の馬に鞭を打って、永遠の命があるという道を進みましょう。

366

曙寮にて別れし友を思ひて詠める〔曙寮にて別れし友を思ひてよめる〕

曙《あけぼの》の空の別れ路遠けれど友思ひ出《ぢ》の夕べたのしも

〔曙の空の別路遠けれと友思ひ出の夕たのしも〕

【訳】曙寮で別れた友を思って詠む／曙寮で別れたあの日は、遠い昔のことですが、友と過ごした思い出の夕べは楽しいものでした。

【解】曙寮は日本女子大学附属豊明小学校および幼稚園の児童のための寮。一九〇八（明治四一）年五月一日、第一回生井上秀（のちの第四代校長）は、アメリカ留学のため曙寮より出発、横浜港から乗船した。井上は浅子の娘亀子とは高等女学校の同級生で、浅子の勧めで日本女子大学校に入学、浅子は井上の留学費用も負担している。この時期、井上は寮監として曙寮に居住していた。

367

感恩の情

恵みある御霊《みたま》の風の涼しさに心の奥は夏としもなき

〔恵みある御霊の風のすゝしさに心の奥は夏としもなき〕

【訳】恩に感謝する心／恩恵を受けた方の魂の風が涼しく吹いて、心の奥は夏が暑いということはありません。

368

友を祈る〔祈友〕

相思ふ清き心の祈りこそ永遠の命のむつみなるらめ

〔あい思ふ清き心の祈こそとはの命のむつみ成らめ〕

【訳】友を祈る／お互いを思いやる、清い心の祈りこそ、永遠の命の親しみとなるでしょう。

369

人生〔人世〕

うれしさの身にあまりたる心にも忍ぶがつらき憂ひもありけり

〔うれしさの身にあまりたる心にも忍ふかつらき憂も有けり〕

【訳】人生／うれしさがこれ以上ないという心にも、耐えることがつらい憂いごともありました。

370

数ならぬ身は捨てながら人並みにもの思ふこそ憂き世なるらめ

〔数ならぬ身は捨なから人なみに物思こそ憂世なるらめ〕

【訳】取るに足らないこの身は捨てていますが、人並みにもの思いをするのは、辛い世の中であるのでしょう。

371

夢

現《うつつ》ともあらぬ浮き世と思へども夢と思はぬ夢もみるなり

〔現ともあらぬ浮世と思へとも夢と思はぬ夢もみる也〕

【訳】夢／現実とも、あるはずのない世の中とも思いますが、それでも夢とは思いもしない夢もみるのです。

372

思

思はじと思へと思ふ思ひこそ思ひの外の思ひなるらめ

〔思はしと思へと思ふ思こそ思ひの外の思なるらめ〕

【訳】思い／思うまいと思いなさい、と思う、その思いこそ思いもしなかった思いであるようです。

基督教《きりすとけう》〔基督教〕

373

常永遠の道の栞と仰《あふ》ぐかなあやに尊《たふと》き神の教へを

〔とことはの道のしほりと仰かなあやに尊き神の教を〕

【訳】キリスト教／いつまでも変わらない、道の標《しる》べと仰ぎます。なんとも不思議な尊い神の教えを。

【解】明治四十二（一九〇九）年、浅子は乳がんの手術を受け、その体験から信仰心が芽生えた。その後成瀬仁蔵から宮川経輝牧師を紹介され、明治四十四（一九一一）年十二月二十四日、洗礼を受けキリスト教に入信。三七六番歌参照。

374

常永遠の命の道に分け入ればいや奥深く果てしなきかな

〔とことはの命の道に分いれはいや奥深くはてしなき哉〕

【訳】いつまでも変わらない永遠の命の道（信仰の道）に分け入ると、なんと奥が深く果てしないことでしょう。

375

思ひきや外に求めし永久の命は我《われ》の裏にありとは

〔思きや外に求しとこしへの命は我の裏にありとは〕

【訳】 修養／思いもよりませんでした。外に求めた永遠の命は私の心の中にあったとは。

376

軽井沢にて宮川師と山に登りて詠める〔軽井沢にて宮川師と山に登りてよめる〕

朝な朝な心も身をもいや高く導《みちび》かれつつ山登りせり

〔朝な〳〵心も身をもいや高く導れつゝ山登りせり〕

【訳】 軽井沢で、宮川牧師と山に登って詠む／朝ごとに、心も身もより高く、宮川牧師に導かれて私は山登りをしています。

【解】 宮川経輝　みやがわつねてる（一八五七〜一九三六）。プロテスタント牧師。細川藩郷士の家に生まれ、熊本洋学校在学中に洗礼を受ける。日本のプロテスタント教会の発展に尽力。

377

送別

朝霧に別れ路《ぢ》遠くなりぬれど友思い出の夕べたのしも

〔朝霧に別れ路遠く成りぬれと友思出の夕たのしも〕

【訳】　送別／朝の霧とともにお互い別れて遠くに行くことになりますが、友達と過ごした思い出の夕べはなんと楽しいものでしょう。

378

師の恩を感謝しまつりて

愛《いつく》しみ深き恵《めぐみ》は永久の命にかけて報《むく》いまつらむ

〔愛しみ深き恵はとこしへの命にかけて報まつらむ〕

【訳】　師の恩を感謝申し上げて／わたくしを愛しんでくださった師の深い恵には、永遠の命にかけて申し上げたいと思います。

379

常永遠の神の御稜威《みいつ》と仰《あふ》ぐなり天にそびへし宮の大杉

社頭杉

〔とことはの神のみいつと仰なり天にそひへし宮の大枚〕

【訳】 社の前の杉／永遠に変わることのない神のご威光と仰ぎ見ます。天高くそびえている宮の大杉を。

【解】 大正三（一九一四）年の賀状に当該歌が書かれている。

380

相思《あひ》ふ赤き心の深さをば永遠に比《くら》べむ神の御前《みまへ》に

友を祈る〔祈友〕

〔相思ふ赤き心の深さをはとはに仳ん神の御前に〕

【訳】 友を祈る／お互いに思い合う、真心の深さをこそ、永遠に比べましょう。神の御前に。

381

忘《わす》られぬ心よりして祈るかな同じ思ひを神に結びて

〔忘られぬ心よりして祈かな同し思ひを神にむすひて〕

【訳】忘れられない心から祈ろうと思います。同じ思いを神に約束して。

382

夜な夜なの神にむつみの団居して一つ心に祈る友どち

〔よな〱の神にむつみのまとゐしてひとつ心に祈友とち〕

【訳】夜ごとに、神に親しむ団欒の時を持ち、信仰の心を一つにして共に祈る友だちがいます。

383

送別

思へどもえこそ留《とど》めし君が行く旅路は神の御旨《みむね》なりせば

〔思へともえこそと丶めし君か行旅路は神の御旨なりせは〕

【訳】送別／わたくしがあなたを止めたいと思っても、止めることはできません。あなたの旅路は神のご意志なのですから。

384

富士の嶺《ね》の高き教への数々を問ふべき君に今日ぞ別るる

〔ふしの根の高き教の数々をとふへき君にけふそ別るゝ〕

【訳】富士の嶺のように高く貴い教えをたくさん学ぶべきあなたと、今日まさにお別れしてしまうのですね。

別れたる人に送る富士の裾野《すその》の宿にて〔別れたる人に送る不二の裾野の宿にて〕

385

晴れ渡る富士の眺《なが》めに偲《しの》ぶなり浪花《なには》の秋の残る暑さを

〔晴わたる富士の眺に忍ふなり浪花の秋の残る暑さを〕

【訳】別れた人に贈る。富士山の裾野の宿にて／晴れ渡った富士山の眺めにあなたのことを案じています。あなたの向かう大阪の秋の残暑を思いまして。

【解】富士御殿場二の岡に広岡家の別荘があった。

386

身は遠く別れて住めど睦み合う心離れじ神に結びて

〔身は遠く別れて住とむつみあふ心離れし神にむすひて〕

【訳】身は遠くお互い別れて住んでいますが、親しくする心は離れることはありません。神にお互い結ばれているのですから。

387

霊《たま》の緒《を》に奇《く》しき物の音響《ねひび》くなりこれや声なき神の御言葉《みことば》

〔霊の緒にくしき物の音響なりこれや聲なき神の御言葉〕

一　我は有限　有限の底に響あり
　アナ不思議　耳には聞ゆる音もなし
　無聲の声か　ア、神秘

【訳】私は限りある存在である。その限りある心の底に響きがある。なんと不思議なことだろう、耳には聴こえる音もない。声なき声なのでしょうか、ああ神秘／心の琴線に何か不思議な音が響きます。これが声なき神の御言葉でしょうか。

388

眼に見へぬ光幽《ひかりかす》かに映るなり色なき裏の霊《たま》の輝き

〔眼にみへぬ光幽にうつるなり色なき裏の霊の輝き〕

二　我は有色　有色の裏に光あり
　アナ不思議　眼にはうつらふ色もなし
　無色の色か　ア、神秘

【訳】私は有色、有色としてその背後に光があります。なんと不思議なことでしょう、目には映る色もありません。色無き色というものか、ああ神秘／目に見えない光の中に幽かに映るのです。

色のないものの背後にある魂の輝きが。

三
我は意識ぞ　意識の奥に意識あり
色なきに見　声なきに聞く
潜在意識か　将に神か

389

我が霊《たま》は神の宮居《みやゐ》となりにけり聖《きよ》き思ひの充《み》ちわたるとき

〔我霊は神の宮ゐと成にけり聖きおもひの充わたる時〕

【訳】私は意識的な存在だ。その意識の奥にまた意識がある。色のない世界に色を見、声のないところに声を聞く。それは潜在意識なのか、まさに神そのものか／私の魂は、神の鎮座するところとなりました。聖なる思いが心に満ちわたる時に。

【解】宮居は神が鎮座すること。またそのところ。

四
我に信あり　信の極
有限無限に連りて　父よと仰ぎ子と呼ばる
神秘の神秘　測られず

390

愛《いつく》しみ父よと仰《あふ》ぐ子心は神の秘めごと測り知られず

〔愛しみ父よと仰く子心は神の秘めこと測しられす〕

【訳】私には信仰がある。信仰の極みに有限無限に連なって、神を父と仰ぎ、神に子と呼ばれる、その神秘の中の神秘は人知の及ぶところではない／慈しみ深い父と仰ぐ子の心には、神の叡智ははかり知れません。

391

生れましし御代《みよ》恋しらに民草《たみくさ》は恵みひろげて生《お》ひ茂りけり

降誕祭を祝して

〔あれまし、御代恋しらに民艸は惠寛けて生茂りけり〕

【訳】降誕祭を祝って／神のお生まれになった時を恋しく思い、民人は神の恵を教え広めて繁栄したのです。

【解】恋しら　恋しいさま。恋しく思うさま。恋しそうなさま。

「我すでに世に勝り」との聖句に因み　戦後の平和を豫期して

392

末《すゑ》ついに世に勝《まさ》りてふ御国《みくに》をば修羅《しゅら》の巷《ちまた》の後に見るらむ

〔末終に世に勝りてふ御國をは修羅の巷の後に見るらん〕

【訳】「我すでに世に勝り」とある聖書の句によって戦後の平和を歌に託して／最後の最後には「世に勝る」という、この神の国を、激しい戦い場のあとにみることでしょう。

【解】「我すでに世に勝り」という詞は、聖書のヨハネによる福音書一六章三三節に「此等のことを汝らに語りたるは、汝ら我に在りて平安を得んが為なり、なんぢら世にありては患難あり、されど雄々しかれ、我すでに世に勝てり」とあるものに拠る。

降誕祭を迎へ我が甦《よみがへ》る三周を回顧して　〔降誕祭を迎へ我甦参週を回顧して〕

393

世の中の富も誉《ほま》れも何かせむ御霊《みたま》の恵み生憎《あやにく》な身は

〔世の中の富もほまれも何かせん御霊の恵生増な身は〕

【訳】降誕祭を迎えて、私が甦った三周年を回顧して／世の中の富も名誉も何になるというのでしょう。御霊の恵みで甦ったこの身には。

【解】明治四十五年の降誕祭に受洗し、キリストによって永遠の生命を得たことを詠んだもの。

394

我が甦《よみがへ》る三周年記念に基督《きりすと》とその使命の端緒《たんしょ》にかへて

〔我甦三週年紀年に基督と其使命の端緒にかへて〕

恵みある命の道を辿りつつ思ひ出多き三年《みとせ》経《へ》にけり

〔恵みある命の道をたとりつゝおもひ出多き三年経にけり〕

【訳】　私が蘇って三周年の記念に、キリストと、その使命のはじまりにかえて／神の恵ある命の道をたどりながら、思い出の多い三年を経たのです。

395

聖書

奥深き文の林に分け入りて永遠の命の道を知りけり

〔奥深き文の林に分いりてとはの命の道をしりけり〕

【訳】　聖書／奥の深い聖書の言葉の世界に分け入って、永遠の命の道を知ったのです。

396

日本女子の将来の使命

敷島の大和嶋根《しまね》の女郎花《をみなへし》ますら武男《たけを》の心清めよ

〈敷しまのやまと嶌根の女郎花ますら武男の心きよめよ〉

【訳】日本の女性の将来の使命／この日本のたおやかな女性たちよ、雄々しい日本男子の心を清めなさい。

【解】大和嶋根は日本国の別称。「嶋根」の「ネ」は接尾語。女郎花は秋の七草の一つで、女性のたとえとして歌に詠まれることが多い。ますら武男は強く勇気のある男子のことをいう。

附

『草詠』から知る広岡浅子の目指した世界

広岡浅子の和歌の書きぶり

略年譜

『草詠』から知る広岡浅子の目指した世界

高野晴代

広岡浅子の歌集である『草詠』は、このほど広岡家（「加島屋五兵衛家資料」）で発見され、本書によって始めて紹介するものである。今回表紙に採用したが、庭で椅子に座る浅子が持っている冊子の題簽《だいせん》（表紙に貼られる小紙片で，書名や巻数がしめされたもの）には『草詠』の「冬」と記されていることがわかる。撮影時を特定することはできないが、浅子は三十代と思われ、二十八歳で長女亀子を出産、三十八歳には筑豊の潤野炭鉱を買収するというような時期とも重なる。実業家として歩み始め、炭鉱にピストルを持参したと伝えられる浅子のもう一つの手には、筆を持ち、自らの思いを託す和歌の存在があったことを、私たちはこの『草詠』を通して知ることになった。

本書は、手書きの歌集六冊からなり、三九六首を収載する。詳細は凡例の書誌に譲るが、題簽にはそれぞれ「艸詠　春」「草詠　夏」「艸詠　秋」「草詠　冬」「艸詠　恋」「草詠　雑」と記載されている。「艸」は「草」と同義で使用されており、本書は『草詠』に統一した。たとえば、「春」は四七丁（丁は、和装本表裏二頁分）あるが、墨付（墨で書かれている箇所）は一一丁で、最後の丁には罫線紙が挿入されており、詠歌の折に順次書き足していくような形式である。しかし、歌を詠んですぐに記したとは思えず、歌を詠み、書き付けた歌稿を推敲後、選んで詠歌順に『草詠』に記していったものであり、この『草詠』をもとに、さらに新たな歌集を目指していた可能性が、各歌の合点と思われる印からも推定される。

歌風は、本書「広岡浅子の和歌の書きぶり」でも指摘があるように、桂園派の師匠からその詠法を学んだものと思われ、『古今集』の影響を少なからず見ることができる。古今集歌人の紀貫之や凡河内躬恒の詠歌を、解説にも参考歌として挙げた。なかでも特徴的なのは、『古今集』において最多収載の女性歌人「伊勢」への憧憬とも言うべき詠歌方法である。次のように伊勢の雁詠とほぼ同じ表現で詠む。

帰雁

咲き匂ふ花の都を後にして何急ぐらむ帰る雁がね（『草詠』四一番歌　春）

帰雁をよめる

春霞立つを見すててゆく雁は花なき里にすみやならへる（『古今集』三一番歌　春上）

また、次の『新古今集』収載の春雨詠でも伊勢歌を倣い、ほとんど同様な表現を用いながら、自らの力をつけていくようである。

川春雨

青柳のみどり流るる川面にあや織りかけて春雨ぞふる（『草詠』一二四番歌　春）

寛平御時后宮の歌合歌

水の面にあや織り乱る春雨や山の緑をなべて染むらむ（『新古今集』六五番歌　春上）

さらに、次では、初句と二句目の伊勢の特徴的な繋がりも自らの詠で試みている。

山残花

訪ふ人もなき山里に春暮れて寂しく残る花のひともと（『草詠』一二七番歌　夏）

亭子院の歌合の時よめる

見る人もなき山里の桜花ほかの散りなむのちぞ咲かまし（『古今集』六八番歌　春上）

次歌は『草詠』での秋の最終歌であるが、類似した詠みぶりで、季節を変えて詠んでいく。

秋夜に友を思ふ

訪ふ人もなき山里の庵の戸に誰まつ虫の音にや鳴くなり（『草詠』二〇七番歌　秋）

このように伊勢詠を手本に鍛錬を重ねていったものと思われる。

また、浅子は一つの現象を用いて、詠歌に種々の試みを行っている。たとえば「霞」を対象にして詠んだ歌は、『草詠』中三十首以上を数え、一例を挙げると、次のように霞と鶯の視覚、聴覚を複合させる方法を採るものがある。

行路梅

鶯の声をしるべに立ち寄れば霞の奥は梅咲きにけり（『草詠』九三番歌　春）

霞間鶯

柳原かすみてなびく遠近に春ととのふる鶯の声（『草詠』一〇二番歌　春）

何度も同じ歌語で試みる浅子のこの姿勢は、「山の端」（稜線）の使い方にも表れている。右で示した「霞」とともに聴覚的な世界を詠んだ歌に、次のような実験がある。

霞中鶯

山の端は木立も見えず霞むとも声はさやけき谷の鶯（『草詠』一七番歌　春）

山の端は、『古今集』の業平歌「あかなくにまだきも月の隠るるか山の端にげて入れずもあらなむ」

（八八四番歌、雑上）をもとに『古今集』以降表現が定着していくが、浅子もまた、山の端に入ってしまう月を詠んでいく。月の配し方を工夫し、霞をここでも使い、次のような歌を詠む。

春月

山の端はそことも分かず消え果てて霞に落つる春の夜の月（『草詠』二一番歌　春）

また恋の部収載の「月に寄する恋」の題詠では、次歌のように山の端を繰り返し詠む執着ぶりである。

月に寄する恋

晴れやらぬ思ひや空に通ひけむ曇りはてたる山の端の月（『草詠』二六六番歌　恋）

『草詠』にはこのような『古今集』に代表される歌集ばかりでなく、『源氏物語』『枕草子』『紫式部日記』なども読み、それを踏まえた詠歌が散見する。

田家椿

夕顔の類とや見む玉椿荒れし垣根の庵に匂ひて（『草詠』一三番歌　春）

『源氏物語』夕顔巻で、光源氏は粗末な夕顔の咲く家に目をとめ、夕顔に出会うが、ここでは「荒れし垣根の庵」に咲く美しい「玉椿」を同じように見ようかと、『源氏物語』の世界を想起させている。

帰雁

あはれてふ秋もものかはこの夕べ鳴く鳴く帰る天つ雁がね（『草詠』四三番歌　春）

については『枕草子』初段が秋の夕暮れの雁の連ねた様子を「をかし」と評しても、今日のこの春の帰雁をみれは比べものにならないと春秋優劣論の伝統をも詠み込んでいる。『紫式部集』『源氏物語』を踏まえたとも見えるが、むしろ『紫式部日記』を重ねたと思われるのが、次の歌である。

山家水鶏

山里は戸ざしだに無き我が宿に夜ただ水鶏の何叩くらむ（『草詠』一六二番歌　夏）

『紫式部日記』では、夜、紫式部の部屋を訪ねた道長が、戸口を開けなかった紫式部に翌朝、次の歌を贈る。

夜もすがら水鶏よりけになくなくぞまきの戸口にたたきわびつる（『紫式部日記』）

このような王朝の世界を「山家」に移していく浅子の詠歌の技が冴えていよう。

また『草詠』には行事の歌が多数残されている。一般的に四季歌の分類では、春秋が多いが、『草詠』では「冬」の歌数が多いのが特徴で、正月詠が冬に分類されているからとも言える。浅子は友人との出会いを非常に大切なものとして数首詠んでおり、新年では次の詠がある。

新年に友に会う

新しき言葉の花も咲きにけり年の初めの今日の団居に（『草詠』二四三番歌　冬）

浅子は新年を迎えるにあたって、自らを律していく。次の詠は、日本女子大学所蔵の色紙にも残されている。

歳暮近し

何事もなさで今年も怠りの数をかぞふる日とはなりにき（『草詠』二五四番歌　冬）

このように、四季の移り変わりに心を寄せ、心情を言葉として形象化できる和歌は、江戸から明治そして大正まで生き抜いた実業家浅子の精神的な支えに、大いに寄与したものであったと言えよう。

さて、浅子のかなり早い時期の作と思われるものに次の詠がある。日本女子大学蔵の短冊にもあり、浅子によって選ばれた詠でもある。

梅、夜風に薫る

文学ぶ窓の隙洩る小夜風に薫るもゆかし軒の梅が香（『草詠』一五番歌　春）

「梅」も対象としてよく詠んだ歌材であるが、その香りに包まれながら、浅子は本を読んだという。その本の中に古典の作品があったことは、今見てきたように確かであろう。座右に置いた『古今集』から女性歌人伊勢の巧みさを学び、紫式部や清少納言の作り上げた古典作品を読み続け、それらを踏まえた重層的な自らの作品を創り上げようとした。その浅子は、明治四十一（一九〇八）年、日本女子大学校の夏季三泉寮の結論会に参加して、「真善美」各部に喩えて詠歌し、和英両文学部については次のように詠んでいる。

美　同和英両文学部

美しく人の心を導きて進むは文の力なりけり（『草詠』三六四番歌　雑）

明治二十年代後半において、女性であっても、いつでも、教育を受ける機会があるようにと、自らが援助して設立にこぎ着けた日本女子大学校、その学生たちを前にして「文の力」を養うべきと詠み、学ぶことの大切さを伝えている。浅子自身が、この学ぶ姿勢を生涯持ち続けていたことを『草詠』の歌々は示していると思われる。

なお、今回、早稲田大学教授兼築信行氏より多くのご教示をいただいた。ここに記し、感謝申し上げる。

広岡浅子の和歌の書きぶり

坂本清恵

広岡浅子が自詠を書き留めた草稿を出版するにあたり、院生とともに和歌を詠む研究会を行った。浅子が残した書簡は女性が書いたことを想起させない、達筆な男性的な書きぶりであるが、和歌草稿は、和歌を留めるために学んだと思われる穏やかな書流で書かれている。そこに現れる仮名字母も、平安時代の鑑賞用に書かれたものに用いられるものに通じるものではないかと感じた。

そこで、浅子の和歌の学修について知るために、草稿のうち、和歌数がもっとも多く、日本女子大学を詠んだ和歌を含む「雑」と、日本女子大学成瀬記念館で所蔵している浅子自筆の短冊・色紙とに使用された仮名字母について、その使用状況を調べ、以下のとおり表にまとめた。

・同字母の異体もみられるが、字母の種類別に「雑」での使用頻度を示し、短冊、色紙にも使用されている字母に網掛けを行った。用例数に＊があるものは「雑」以外に例がみられたことを示す。短冊・色紙のみに現れる字母は◎で示した。

・また、山田俊雄氏の「平安時代仮名（草体）異体一覧表」i 掲載のうち、使用字母数が浅子自筆に近く、「く」に「九」など浅子が用いている字母を使用している「関戸本古今集」「本阿弥切」の使用字母を表内に示した。

・さらに、「平安時代仮名（草体）異体一覧表」に現れない字母もあるので、『古今和歌集』を女性が書写した例として、松江藩第二代藩主松平綱隆（宝山院）の側室養法院の使用字母を参考に挙げるii。

養法院の父は初代松江藩主の右筆平賀半助であり、その父に習った養法院の筆跡は流麗で能書として知られる。
・両古筆のいずれかと養法院に例があるが、浅子に例のない字母と、浅子にのみ現れる字母をゴチックで、浅子と養法院筆のみ使っている字母はゴチック・斜体で示した。
浅子の使用字母は仮名ごとにみると次のとおり合計九九字であった。
字母一種　一一　い・う・え・お・ち・ぬ・へ・ゆ・よ・ゐ・ゑ
字母二種　二四　あ・か・く・こ・さ・し・せ・た・て・と・な・ね・ふ・ほ・み・め・も・や・ら・り・れ・ろ・わ・を
字母三種　八　き・そ・つ・の・ひ・ま・む・る
字母四種　四　け・す・に・は
字母一種のものから、四種のものまである。字母一種の仮名は、現行の仮名字母との相違がない。使用字母を比べると、「関戸本古今集」は一一一字、「本阿弥切」は九八字、「養法院古今集」は一二〇字である。近世後期になっても、自筆本では、美意識を優先した場合には、一〇〇種以上の字母が用いられるので、和歌を書き留めるにあたり、同様の意識のもとに書かれたのであろう。
浅子のみ使用している字母には「寿（す）・満（ま）・茂（も）」のようにプラスイメージのものがみられ、浅子と養法院のみの共通字母には「楚（そ）・帝（て）・二（に）・婦（ふ）・舞（む）」があり、画数の多い華やかな字が多い。また、浅子が使用しなかった字母には「閑（か）・散（さ）・遅（ち）・怒（と）・半（は）・悲（ひ）・非（ひ）・避（ひ）・微（み）・無（む）」などのマイナスイメージのものと、「意

（い）・有（う）・要（え）・数（す）・堂（た）・当（た）・裳（も）」など字母と仮名の読みが一致しにくいものが多い。当時の京都においては、香川景樹の門流である桂園派の影響が強く、浅子の出身である京都三井家関係でも門人となったが、その歌風から考えても、浅子も和歌を詠むために桂園派の師匠により、『古今和歌集』を基礎とした和歌の指南を受けたと考えられるiii。学んだ仮名字母のうち、好んで使用した字母があったのであろう。浅子使用字母のうち、複数字母使用のある仮名で、使用頻度が少ない字母については、短冊・色紙でも使われており、清書を意識しているのであろう。

　複数の仮名字母の表記には、テキストを読みやすくするために、語頭、語中、語尾で字母・字体を変える場合と、流麗さを際立たせるための字母・字体を用いる場合とが考えられる。

　浅子の使用仮名をみると、読みやすさを追求した語頭、語中、語尾などの位置による使い分けはみつけにくい。「た」については、どこでも使える「太」と語頭には現れない「多」という使い分けがある。しかし、「し」は、一般にどこにでも使える「之」と、語頭にしか現れない「志」であるが、語末に使う「志」の例もある（1）。むしろ、語によって仮名字母の使用がおおよそ決まっている例がみられる。「そ」は「楚・所・曽」のうち、「楚」がどこにでも使われ、「所」は「こそ」（2）の例のみである。「な」は「奈・那」のうち、「奈」がどこでも使えるのに対して、「那」は終助詞「かな」（3）のみに現れる。「め」には「免・女」の使用があるが、「免」については、詞書に使われる「よめる」（4）や活用語に使われている。

　また、読みやすくするための配慮とは異なるものに、踊り字の使用がある。「野」から助詞の「の」に続くところ（5）、句を越して助詞の「を」から「をしむ」に続くところに（6）踊り字が使われている。養法院筆「古今和歌集」にもこの用法がみられる。この踊り字の用い方は、定家が『下官集』で示すような意味のまとまりを重視した書き方とは異なり、流麗さに眼目を置く書きぶりであることが分かる。

浅子は和歌をつづるのに、平安時代から続く流麗な仮名文字を学修していたのである。

「しるへせよ」322

「白露しけし」32（1）

「松こそ庭に」335（2）

「浪の音かな」298（3）

「よめる」（4）

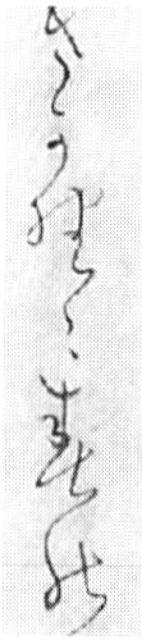
「さか野々春の」56（5）

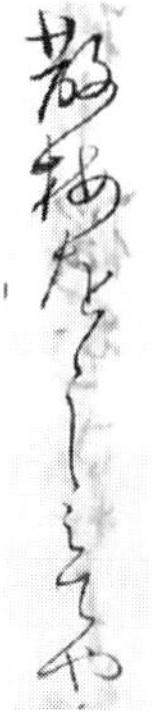
「散梅をゝしみてや」64（6）

	字母1		字母2		字母3		字母4		関戸本古今	本阿弥切	養法院古今
あ	安	26	阿	2					安阿	安	安阿
い	以	54							以伊意	以意伊	以
う	宇	13							宇有	宇有	宇
え	衣	5							要衣	衣江	衣
お	於	7							於	於	於
か	可	71	加	4					可加閑	可加	可加閑
き	幾	39	起	23	支	*			支幾起	支幾	支幾起
く	久	35	九	2					久九	久九	久九
け	介	34	計	6	遣	3	希	1	介希計遣	介希計遣	介計希遣気
こ	己	31	古	2					己古	己古	己古
さ	左	20	佐	1					左佐散	左佐	左佐
し	之	88	志	9					之志	志之	之志
す	春	17	寸	6	須	2	寿	*	春須寸数	寸春須	寸須春数
せ	世	5	勢	◎					世勢	世	世勢
そ	楚	23	所	6	曽	2			曽所處	曽所	曽所楚
た	太	29	多	9					多堂太	多太堂	多太堂当
ち	知	10							知遅	知遅	知地遅
つ	川	35	徒	3	津	*			川徒	川徒	川徒都
て	天	82	帝	◎					天	天	天帝亭手
と	止	88	登	2					止東登	止東登	止登東
な	奈	64	那	6					奈那	奈那	奈那
に	爾	74	仁	20	耳	19	二	*	爾仁	爾仁耳	爾仁耳丹二
ぬ	奴	19							奴	奴	奴怒
ね	年	5	禰	2					年禰	年禰	禰年
の	乃	146	能	88	農	◎			乃能野農	乃農能	乃能農

	字母1		字母2		字母3		字母4		関戸本古今	本阿弥切	養法院古今
は	八	46	者	39	盤	8	波	2	波者盤八	者波盤八	八盤者波半
ひ	比	28	飛	3	日	1			比日飛悲避	日悲比	比日悲非
ふ	不	33	婦	*					不布	不布	不布婦
へ	部	31							部邊	部邊	部邊遍
ほ	保	5	本	1					本保	保本	保本
ま	末	28	満	3	万	1			末万	万末	末万
み	三	41	美	2					美三見微	美三見	三美見
む	武	22	舞	2	无	*			武無无	无武無	武无舞無
め	免	19	女	10					女免面	女免	女免
も	毛	56	茂	2					毛裳无	毛无裳	毛裳母
や	也	15	屋	8					也	也	也
ゆ	由	2							由	由	由遊
よ	与	40							与夜	与夜	与
ら	良	52	羅	1					良羅	良	良羅
り	利	66	里	11					利里	利	利里梨李
る	留	83	累	*	流	*			留流累類	留流類	留類流累
れ	礼	35	連	12					礼連	礼連	礼連
ろ	呂	5	路	◎					呂路	呂	呂路
わ	和	6	王	2					和王	和	和王
ゐ	為	6									為
ゑ	恵	*							衛	恵衛	恵
を	遠	60	越	2					遠乎	遠乎越	遠越

i　山田俊雄（一九六六）「平安時代仮名（草体）異体一覧表」『日本語の歴史』平凡社

ii　坂本清恵（二〇一一）「売豆紀神社蔵　養法院筆『古今和歌集』の仮名――その字体と仮名遣いについて――」『論集』Ⅶアクセント史資料研究会

iii　兼清正徳（一九八五）『桂園派歌壇の結成』桜楓社

広岡浅子 略年譜

（年齢は数え年）

一八四九（嘉永二）——1歳——一〇月一八日、京都油小路出水の三井家（後の三井小石川家）に生まれる
一八六五（慶応元）——17歳——大阪 加島屋の次男、広岡信五郎と結婚
一八六八（明治元）——20歳——明治維新
一八六九（明治二）——21歳——信五郎の父、第八代広岡久右衛門正饒逝去、三男正秋が第九代久右衛門を襲名
一八七六（明治九）——28歳——長女亀子出産
一八八四（明治一七）——36歳——広炭商店設立（総長は広岡信五郎）、石炭の輸出に着手
一八八六（明治一九）——38歳——日本石炭会社設立（社長は吉田千足、取締役に広岡信五郎）。筑豊の潤野炭鉱を買収（坑主は広岡信五郎）
一八八八（明治二一）——40歳——加島銀行設立（頭取は広岡久右衛門正秋）
一八九五（明治二八）——47歳——休鉱となっていた潤野炭鉱の再開発開始、二年後着炭に成功、産出量が急増する
一八九六（明治二九）——48歳——梅花女学校長 成瀬仁蔵からその著書『女子教育』を渡され、女子大学校設立の支援を要請される
一八九九（明治三二）——51歳——真宗生命の経営を引き継ぎ、正秋が社長となる。
朝日生命（現在の朝日生命とは異なる）と改称。潤野炭鉱を官営製鉄所に売却
一九〇一（明治三四）——53歳——日本女子大学校開校
一九〇二（明治三五）——54歳——朝日生命・護国生命・北海生命が合併、大同生命誕生、正秋が社長となる
一九〇四（明治三七）——56歳——夫 信五郎逝去、社業を娘婿 恵三に譲る
一九〇五（明治三八）——57歳——日本女子大学校、財団法人となり、浅子、評議員となる
一九〇九（明治四二）——61歳——乳癌の手術を受ける。成瀬仁蔵の紹介で宮川経輝牧師の指導を受ける
一九一一（明治四四）——63歳——大阪教会で受洗、クリスチャンになる
一九一四（大正三）——66歳——御殿場二の岡の広岡家別邸で、若い女性のための夏期勉強会を開催（以後恒例となる）
一九一八（大正七）——70歳——著書『一週一信』を刊行
一九一九（大正八）——71歳——一月一四日、東京麻布材木町の広岡家別邸にて逝去。
二一日、神田美土代町青年会館にて告別式、
二三日、大阪土佐堀青年会館にて葬儀
六月二八日、日本女子大学校講堂にて追悼会開催

監修・解説	高野　晴代	（日本女子大学文学部日本文学科教授）
翻刻指導・解説	坂本　清恵	（日本女子大学文学部日本文学科教授）
校訂・注釈	一文字昭子	（日本女子大学文学部日本文学科非常勤講師）
	高野瀬恵子	（日本女子大学文学部日本文学科非常勤講師）
	大塚　千聖	（日本女子大学文学研究科日本文学専攻博士課程前期2年在学）
翻刻協力	大塚　千聖	
	武居　真穂	（日本女子大学文学研究科日本文学専攻博士課程前期2年在学）
	藤田百合子	（日本女子大学文学研究科日本文学専攻博士課程前期2年在学）
	三上　真由	（日本女子大学文学研究科日本文学専攻博士課程前期2年在学）
	渡邊　咲子	（日本女子大学文学研究科日本文学専攻博士課程前期2年在学）
編　集	岸本美香子	（日本女子大学成瀬記念館学芸員）

広岡浅子『草詠』

発行日	2019年1月14日　初版第一刷
監　修	高野　晴代
発行人	今井　肇
発行所	翰林書房
	〒151-0071 東京都渋谷区本町1-4-16
	電 話　(03)6276-0633
	FAX　(03)6276-0634
	http://www.kanrin.co.jp/
	Eメール●Kanrin@nifty.com
装　釘	須藤康子+島津デザイン事務所
印刷・製本	メデューム

落丁・乱丁本はお取替えいたします
Printed in Japan. © 2019.
ISBN978-4-87737-434-1